Amsterdam blues

Jan Michael
Amsterdam blues

Uit het Engels vertaald door Hanka de Haas-de Roos

UITGEVERIJ DE GEUS

Oorspronkelijke titel *Amsterdam Blues*
© oorspronkelijke tekst Jan Michael, Amsterdam 1998
© Nederlandse vertaling Hanka de Haas-de Roos en Uitgeverij De Geus bv,
Breda 1999
Omslagontwerp Robert Nix
© Omslagillustratie Dirk Karsten
Foto auteur Hans Jansen
Lithografie TwinType, Breda
Drukkerij Haasbeek bv, Alphen a/d Rijn

ISBN 90 5226 690 5
NUGI 301

Niets uit deze uitgave mag verveelvoudigd en/of openbaar gemaakt worden
door middel van druk, fotokopie, microfilm of op welke wijze dan ook,
zonder voorafgaande schriftelijke toestemming van Uitgeverij De Geus bv,
Postbus 1878, 4801 BW Breda, Nederland. Telefoon: 076 522 8151.
Uitgeverij De Geus op Internet: http://www.degeus.nl

Verspreiding in België uitgeverij EPO,
Lange Pastoorstraat 25-27, 2600 Berchem.

voor Rosemarie
voor Caroline

Joanna.

Het komt van Johannes. Net als Jane, Janet, Janice, Jean, Joan, Jeanette. Ze betekenen allemaal Jahweh is genadig. Hetzelfde geldt voor John, Johan, Jan, Hans, Sean, Ian, Iain, Ewan, Ivan, Owen.

Ik heb mijn naam veranderd in Alice. Alleen maar Alice.

Ik dacht dat ik er wel aan zou wennen.

Toen ik naar het bevolkingsregister van Amsterdam ging om mijn naam en adres te laten registreren en daar mijn geboortebewijs moest overleggen, liet ik het al afweten en ik gaf dat afschuwelijke Joanna op. Maar verder zei ik tegen iedereen, de bank incluis, dat ik Alice heette. Je handtekening hoeft niet overeen te komen met je doopnaam. Ook nam ik mijn meisjesnaam weer aan, Lee. Alice Lee.

Ik deed mijn best.

Je moet je paspoort, adres, naam, geboortedatum enzovoort, binnen drie dagen na aankomst in Nederland laten registreren bij de gemeente. Je bestaat niet als je niet ingeschreven staat. Het systeem is door Napoleon geïntroduceerd.

De Duitsers hebben er profijt van gehad bij het oppakken van de joden. Het heeft iets dreigends. Je kunt niets officieels doen zonder een uittreksel uit het bevolkingsregister om te bewijzen dat je bent wie je bent. Hoe dan ook, nadat je bij de gemeente bent geweest, moet je naar de politie.

Dat laatste had ik iets te licht ingeschat. Dat was stom van me.

Het verloop van dat bezoek is nogal afhankelijk van de agent bij wie je wordt ontboden en van zijn stemming die dag. Van de smekeling wordt de juiste melange van respect en arrogantie gevergd, want smekeling ben je, vergis je niet, zelfs als je uit Europa komt. God sta de anderen bij.

Ik maakte een fout. Ik toonde de agent met zijn leren jack de brief van mijn werkgever, een multinational, die mij recht gaf op een verblijfsvergunning voor vijf jaar. In de brief werd ik aangesproken met Alice. Maar in het uittreksel uit het bevolkingsregister werd ik dat niet.

De agent schoof heen en weer op zijn dikke derrière, haalde luidruchtig zijn neus op en slikte het snot in. Vervolgens stak hij zijn hand uit. 'Paspoort.'

Ik gaf hem het harde marineblauwe document. *Her Brittanic Majesty's Secretary of State requests and requires in the name of Her Majesty all those whom it may concern to allow the bearer to pass freely without let or hindrance...* ik kende de tekst uit mijn hoofd. Ik had er lang genoeg naar zitten staren in de overvolle wachtruimte. Banken zonder rugleuning, rekwestranten gekoeioneerd door bureaucratische intimidatie en genadeloze muggenzifterij.

Langzaam sloeg hij de bladzijden om. 'Joanna Geddes. Dat

staat hier ook.' Minachtend wapperde hij met het uittreksel.

Ik zei maar niets.

Hij draaide zich om naar zijn computer en toetste het een en ander in, neuriënd in zichzelf, terwijl ik allerlei antwoorden bedacht.

'Nou, hoe zit dat met dat Alice?' vroeg hij. Hij was kennelijk mijn zwijgen beu en wendde zich weer tot mij.

Ik probeerde vergeefs om mijn rok naar beneden te trekken, over mijn knieën. Ik had iets anders aan moeten doen.

'Een strafblad?'

De schrik sloeg me om het hart. Ik probeerde hem hooghartig aan te kijken.

'Waarom anders je naam veranderen? Dacht je dat ik achterlijk was? Wie denkt jouw werkgever dat je bent, nou?'

Hij keerde zich weer naar zijn computer. 'Leeftijd?' wilde hij weten.

Daar hoefde ik echt geen antwoord op te geven. Hij had mijn paspoort openliggen op de betreffende bladzij; hij kon het zien. Dit was geen politiestaat.

Met een ruk draaide hij zich om op zijn stoel en keek me dreigend aan. 'Leeftijd?' vroeg hij zachtjes.

'Tweeëndertig', antwoordde ik.

'Da's beter.' Plotseling kwam hij met zijn gezicht zo dichtbij dat ik de mee-eter op zijn wang had kunnen uitknijpen. 'Wie denk je wel dat je bent, hier binnenkomen onder een valse naam en nog een verblijfsvergunning eisen ook?'

'Ik heb niets geëist', bitste ik. 'Ik heb erom gevraagd. Er is geen wet die zegt dat je je voornaam niet mag veranderen. Lee is mijn meisjesnaam. Alice is toevallig de naam van mijn oudtante. En zoals u kunt lezen in die brief, ik heb een baan hier.' Door de golf van adrenaline voelde ik me onkwetsbaar.

'Ho, ho, niet zo rap, dametje', zei hij.

'Luister eens,' ging ik onbesuisd door, 'ik heb vier uur in de rij gestaan voor het twijfelachtige genoegen u te mogen spreken.'

Wat kon het mij schelen als ik onhebbelijk was? Hij kon me er hoogstens uitsmijten. Ik was niet meer te stuiten, en zo scherp als een scheermes kwamen mijn woorden eruit: 'Ik heb recht op een verblijfsvergunning. Als u verkiest om die niet af te geven, mij best. Dan verlaat ik morgen het land. Ik heb er tenslotte niet om gevraagd om hier te komen.'

De agent schoof zijn stoel naar achter, liep naar een stalen kast en haalde er een kaart uit. 'Dit is een mooie', mopperde hij tegen zijn collega die het geheel nieuwsgierig volgde van achter zijn computer. 'Het kan haar niets schelen of ik haar een vergunning geef of niet.'

Dat kon het me ook niet. Mijn neef had de baan voor me geregeld en ik had hem laten begaan. Ik had niets meer te verliezen.

Ik had bij hem aangeklopt, drijfnat na een dag lang besluiteloos en wanhopig door Londen dwalen in winterse buien. Familie was alles wat mij nog restte, en hij was het enige familielid dat ik kende. Hij nam me in huis.

Ik logeerde nog niet zo lang bij hem, toen hij op een middag vroeger thuiskwam. Hij wierp een vluchtige blik in mijn richting, ik zat te niksen in het donker, en vervolgens deed hij de wandlampen aan en trok de gordijnen dicht.

'Wil je een slokje?' Hij zwaaide met de whiskykaraf.

Ik schudde van nee, probeerde minder wanhopig te kijken dan ik me voelde.

'Ik heb goed nieuws', kondigde hij aan. Hij stond bij de koude haard. 'Ik heb een baan voor je geregeld bij onze vestiging in Amsterdam.'

Ik kwam in beweging. 'Ik spreek geen Nederlands.'

'Ik heb gezegd dat je briljant bent in talen en goed met mensen kunt omgaan, en dat is ook zo. Het is op de personeelsafdeling. De taal krijg je wel onder de knie, geen probleem. Je begint vrijdag over een week.'

'Over negen dagen!'

'Inderdaad', beaamde hij, zonder me aan te kijken. 'Het is wel een wat ondergeschikt baantje, natuurlijk, maar meer kreeg ik niet voor elkaar. Gezien de omstandigheden. Een kwestie van kruiwagens. Ze willen je morgen ontmoeten. Een formaliteit. Ze zullen de zakelijke kant met je bespreken.'

Ik stond op, ik wilde alleen zijn om het nieuws tot me te laten doordringen. 'Ik denk dat ik even in bad ga.'

'Je gaat toch, neem ik aan?' Hij klonk ineens ongerust. Hij boog zijn hoofd over zijn whiskyglas, maar niet snel genoeg om te voorkomen dat ik de blos zag die zich over zijn blanke huid verspreidde tot boven in zijn vroegtijdig wijkende haarlijn. Hij wilde me weg hebben, en wel zo ver mogelijk. Hij schaamde zich voor me.

I

In de tien jaar dat ik nu in Amsterdam woon sinds dat niet bepaald veelbelovende begin, heeft verder niemand naar mijn verleden gevraagd. Ze hebben hun oude gebouwen prachtig bewaard, maar zijn niet nieuwsgierig naar het verleden van mensen, althans niet naar dat van een vreemdeling, niet naar het mijne in ieder geval. In hun ogen bestond ik niet voor ik hier kwam. Wat een van de redenen is waarom ik gebleven ben. Een van de vele.

Door die eerste baan sprak ik al snel vloeiend Nederlands; mijn neef had gelijk gehad waar het mijn aanleg voor talen betrof. Maar toen de firma begon over zaken als promotie en carrièreplanning, ben ik op zoek gegaan naar een andere baan. Ambitie was voor Joanna, niet voor Alice. Dat interesseerde me niet meer. Veilig zijn was het enige wat ik nog wilde.

Ik had geluk. Ik werd zonder al te veel poespas aangenomen als receptioniste bij een uitgeverij. Het is een parttime baan en niet zwaar, en met mijn twee vrije middagen per week kan ik doen wat ik wil.

Verder ben ik verhuisd van de flat die ik deelde naar een

eigen zolderkamer. Het is een grote ruimte, met alles erin behalve een douche; die is op de overloop in een deel van een vroegere kast, en daar is ook een wc. Ik zit niet achter slot en grendel. Er zijn geen ratten in mijn kamer, zelfs geen kakkerlakken, en ik kan eten kopen van wat ik verdien. Ik kan elke dag onder de douche. Ik heb veel om dankbaar voor te zijn, en soms ben ik gelukkig.

Niet dat oudtante Alice het ermee eens zou zijn geweest, dacht ik voor de honderdste keer, toen ik een jas aantrok die aan de deur hing, met mijn vuist het licht op de overloop aandeed en begon aan de vier trappen naar beneden. Zij had gewild dat ik diplomaat werd, net als mijn vader. Maar ik herinnerde me mijn vader nauwelijks en, hoe je het ook bekeek, het diplomatenbestaan was zijn dood geweest. Mijn moeder was een ouwe zuiplap geworden en was van het ene rusthuis naar het andere verkast, niet in staat om te leven zonder Mijn Grote Liefde zoals ze hem noemde; en haar tante, oudtante Alice, had mij in huis genomen, me naar kostschool gestuurd, me betrokken in haar campagnes voor maatschappelijke hervorming en verantwoordelijkheid, had me al haar liefde gegeven, en had ervoor gezorgd dat er op mijn manieren noch op mijn oren, niets aan te merken viel.

Verdomme! Het licht ging uit net toen ik op de overloop van de derde verdieping was. Ik struikelde over het wiel van Wims racefiets, dat uitstak over de laatste traptrede. Ik knalde in mijn val tegen de voordeur van Wim en Maria. Ik zette de fiets overeind en een hondendrinkbak recht, drukte op de tijdschakelaar en ging op zoek naar iets om het water uit de bak op te dweilen. Ik had Wim gezegd dat dit geen plek was om zijn fiets te stallen; er was geen ruimte. Hondenpoten kwamen aangekrast over de vloer en er klonk geblaf aan de andere kant van de deur van Wim en Maria, maar er kwam niemand kijken wat er was. Dat had ik ook niet verwacht. Ze gingen om drie of vier uur 's morgens naar bed en kwamen zelden voor de middag boven water. Het lor dat ik vond stonk naar hond.

Ik strompelde de rest van de trappen af. Driehoog, met steile trappen, in een smal Amsterdams huis, geen tuin, geen balkon, en ze hielden er een Deense dog en twee katten. Oliver, een Amerikaanse gay, reflextherapeut van beroep, die op de tweede verdieping woonde, alleen net als ik, en vertaalwerk deed wanneer er niet genoeg voeten te masseren waren, wat bijna altijd het geval was, had ooit eens een huisvergadering belegd om Wim en zijn Griekse vriendin Maria tot de orde te roepen, maar geen van beiden was komen opdagen. Trouwens, de Fransman die de hoofdhuurder van het huis was en bij tijd en wijle op de begane grond woonde, was ook niet verschenen; en João evenmin, de Portugese violist die om te studeren de flat op de eerste verdieping onderhuurde van een afwezige Nederlandse student, en ook Miriam niet, het jonge Turkse meisje dat de flat weer onderonderhuurde van de violist om er te slapen – dus hadden Oliver en ik samen een fles wijn soldaat gemaakt en waren we min of meer vrienden geworden.

Het was koud, min zoveel buiten, de lucht blauw. Ik was niet van plan mijn zaterdag door ergernis te laten verpesten. Dat is nu eenmaal een van de problemen van alleen leven. Wanneer je niemand hebt om het leven mee te delen, dan laat je je te veel kisten door allerlei dingen, zoals fietsen op te nauwe overloopjes. En honden.

Hoe het ook zij, het was een stralende dag. Ik kon in elk geval op de fiets de stad uit, naar Ouderkerk en lopen over de bevroren rivier.

'Goedemorgen', groette ik de bakker in de winkel op de hoek. 'Schitterende dag, hè?'

Hij keek me somber aan, zuchtte en wachtte op mijn bestelling.

'Een half volkoren met sesam, graag.'

Hij pakte een brood van het schap achter hem en legde het op de snijmachine.

'Nee! Niet gesneden!'

'Sorry,' zei hij, ontwakend, 'wil je het in een plastic of papieren zak?'

'Papier, alsjeblieft.'

Hij glimlachte mismoedig naar me. 'Anders niet? Ik heb brownies vandaag.'

Scones had hij ook, veel te groot en te wit, leken niet op de echte. De brownies hadden ook weinig van Amerikaanse brownies, maar ik vond ze toch lekker.

'Ja graag, en wat melk.'

Ik passeerde net de overloop op de tweede verdieping toen Oliver verstoord om de deur keek. 'Ik dacht al dat ik jou daarnet hoorde. Die fiets stond zeker weer buiten de deur. Kan het ze dan echt niks schelen? Je zou er toch je nek over breken.'

'Kan, ja, maar dat is niet gebeurd.' Zijn ergernis wiste de laatste sporen van de mijne uit. 'Hoor eens, ik ga een koffie verkeerd maken voor mezelf en ik heb net een klefje gekocht.

Ga je mee naar boven, dan eten we het samen op.'

'Een kabaal dat ze maakten vannacht. Ze hebben echt geen manieren. Als ik die hond er ooit op betrap dat hij binnen piest of poept, dan draai ik hem met mijn blote handen zijn nek om. Nee, heus. Lach niet, het is geen grap, ik meen het.' Zijn gezicht, toch al bleek van te lang binnen zitten, was nog witter dan anders.

Ik probeerde niet te grinniken bij de gedachte dat Oliver ook maar iets zou doodmaken. 'Vooruit. Kom mee koffie drinken. Dan zullen we eens kijken hoe we dat zootje te grazen kunnen nemen, oké?'

'Ik ben veel te boos', zei hij, maar zijn woede zakte al. 'Ach, waarom ook niet. Wat voor klefje?'

'Een brownie. Een heel grote. Ik ga er jam op doen.'

Hij fleurde op. 'Eigenlijk moet ik de vertaling afmaken waaraan…'

'Ach kom. Je werkt stukken beter na een kop koffie.'

Hij aarzelde nog even. 'Ik ben er over vijf minuten.'

Ik liep door naar boven naar mijn eigen stek en trok de gordijnen open, eerst van het ene raam, toen van het andere. De zon stroomde binnen door het schuine dakraam, alsof het Stonehenge was en de winterzonnewende. Ik zette de Dire Straits op, draaide de kachel hoog, stak een van de vier gaspitten aan, klopte melk, sneed de brownie in tweeën en pakte jam uit de kast. Vanuit mijn uitkijkpost onder het dakraam keek ik met mijn ogen tot spleetjes geknepen tegen de zon in hoe het dakraam aan de overzijde opening en de vrouw daar naar buiten leunde en haar haren begon te borstelen boven de goot, als om er zeker van te zijn dat er geen haartje binnen terechtkwam. Ik zwaaide maar ze kon me door haar haren heen niet zien. Ik begon de borstelslagen te tellen, terwijl ik wachtte op Oliver. Bij zesentwintig trok ze haar hoofd naar binnen en sloot het raam en ik ging verder met jam smeren op mijn brownie.

Ik ben niet naar Ouderkerk gegaan. Toen Oliver uiteindelijk vertrok, was de zon achter de wolken verdwenen en thuisblijven lokte me meer dan op de fiets eropuit gaan. Ik knielde bij het raam met mijn ellebogen op de vensterbank en tuurde naar de ramen aan de overkant, vooral naar de ramen die lichtend afstaken tegen het grauw van de dag. Ik voelde me weer als een kind, dat naar binnen kijkt in een rij poppenhuizen; alleen waren het hier echte mensen die van kamer naar kamer liepen, of aan de telefoon waren, of zich verkleedden, of zaten te praten aan tafel, waren het echte kinderen die speelden. Een televisie flakkerde blauwig in een hoek, maar niemand keek.

Toen ik tien jaar geleden in deze smalle straat kwam wonen en die ramen zo dichtbij had gezien, had ik mijn ogen afgewend, ik wilde niemand tot last zijn; maar al gauw realiseerde ik me dat kennelijk geen mens er zich iets van aantrok, laat staan erop lette en dus heb ik dat gevoel van me afgezet. Ik genoot van hun stille aanwezigheid. Overal om me heen waren mensen, geen van hen zou me kwaad doen, ze waren vrij om te komen en te gaan zoals ze wilden, net als ik.

Ik schrok op. Een harige, zwarte kop verscheen aan de andere kant van het raam en vervolgens de kater die erbij hoorde, achterpoten in de brede dakgoot, voorpoten tegen mijn ruit, kleine scherpe tandjes ontbloot in een geluidloos miauw.

'Hé! Dag!' zei ik door de ruit. De kat deed zijn trouweloze best om vriendjes met me te worden op zijn zwerftochten door de goot vanuit een van de naburige huizen, maar dikwijls wees ik hem af, ik gaf de voorkeur aan katten die praktisch zijn en muizen vangen. Pavarotti, zoals ik hem noemde, was veel te vet om dat te willen.

Hij belaagde me met zijn gejammer en gekrab aan het raam. 'Nou, vooruit dan maar.' Ik deed het open. Hij liet een ronkje van dank horen voor hij in één beweging achter mij op de bank sprong. Ik trok een boek onder zijn dikke lijf uit, zette thee en nestelde me aan het andere eind van de gele bank, met een groot rood-blauw geblokt kussen achter me. Ik keek naar de tafel die ik van de straat gered had, geschrobd en geschuurd en groen geverfd. Mijn burcht. Die me zoveel vreugde gaf. Pavarotti hees zich op zijn poten en trippelde in mijn richting, de kussens dansten op en neer. Hoe harder ik hem wegduwde, hoe vastbeslotener hij was om zich tegen mijn dijen te nestelen, waar ik hem uiteindelijk maar liet liggen, tot het winterlicht begon te doven en ik hem eruit zette en mezelf dwong om een ommetje te gaan maken in het nabijgelegen park met zijn verdorde gras en bevroren grond.

2

Ik werd wakker door geloop beneden, schuifdeuren werden opengeschoven en weer dichtgeknald. Voetstappen dreunden. De stappen versnelden.

Ik draaide me om en probeerde het geluid te negeren, maar ik was nu klaarwakker, al in afwachting van het moment dat het geloop zou overgaan in gestamp, wat ook gebeurde, en het spreken in schreeuwen. Mijn bekers rinkelden aan hun haakjes naast de gootsteen.

Ik leunde uit bed, deed het licht aan en pakte mijn horloge. Even na enen.

'Eruit! Waarom doe je me dit aan? Eruit! Eruit!'

Hun ruzievocabulaire was niet groot; ik kende de teksten uit mijn hoofd, alleen de volgorde varieerde soms. 'Ik heb het je toch gezegd! Ik heb het je toch geze-egd!' Het enige dat veranderd was, was wie er schreeuwde. Dit keer was het Maria. Ze was in therapie. 'Ik wil dat je... eruit! Hoor je me? Eruit, Wim!' Ik kon elk woord verstaan.

Ik sloeg het onverwoestbare vest van oudtante Alice om me heen, trok dikke sokken aan en stapte uit bed om de ketel op te zetten, en terwijl ik wachtte tot het water kookte sprong ik wat rond op de kale vloer boven hun hoofd. Dat had ik beter kunnen laten. Het geschreeuw werd luider. Ze waren dol op toehoorders. Soms, na een uur, waaide het over. Dan stormde hij naar buiten, met een klap van de deur, denderde de trap af en smeet de voordeur zo hard dicht dat het hele huis schudde.

Het schudde nu ook, toen een stuk meubilair met een dreun neerkwam. Maria bezwoer mij altijd bij hoog en laag dat ze elkaar nooit sloegen, en ik dacht haar te moeten geloven, en Oliver ook. Maar nu luisterde ik in paniek of ze elkaar echt niets zouden aandoen. Ik kon het niet helpen.

Ik probeerde om me er niets van aan te trekken.

Ik pakte *David Copperfield* op en deed mijn uiterste best om te lezen. Een uur later had ik het uit, nou ja, wat je uit noemt, en waren zij tot bedaren gekomen. Ik legde het boek neer en reikte naar het lichtknopje.

Ze begonnen opnieuw. Een herhaling, ik moest er niet aan denken. Ik greep de telefoon, haalde diep adem en draaide hun nummer.

'Alsjeblieft, Wim', zei ik toen hij de telefoon opnam. 'Alsjeblieft. Het is twee uur. Ik wil slapen. Welletjes, zo.'

Ze draaiden de rest snel af in een stortvloed van schreeuwend geschimp. Binnen vijf minuten was alles rustig, op het onderdrukte geluid van snikken na. Als ze nu maar, zo hoopte ik toen ik het licht uitknipte, als ze nu maar hun gewone cyclus aanhielden, dan zou er minstens drie weken lang geen ruzie meer zijn.

Maar ik was klaarwakker.

Denk aan iets vredigs, zei ik tegen mezelf, toen diep ademhalen niet hielp.

'Er was eens', zei ik hardop, en ik glimlachte.

Op een zomeravond, David en ik waren nog maar kort verliefd op elkaar, waren we naar een kroeg aan de Theems bij Chiswick gereden, en we zaten daar bij de open deur. Het hout van de oude zittekist was uitgesleten door generaties van rondhangende drinkeboeren en hij voelde glad aan onder mijn dijen. Hij was net in de was gezet en de geur van bijenwas vermengde zich met de hoppige geur van bier. De gesprekken waren overgegaan in gemompel alsof de dichter wordende schemering alles dempte wat ze aanraakte. Water klotste tegen houten loopplanken. Een waterhoen kwekte. Er voer een boot voorbij, de roeiers geconcentreerd en zwijgend, ritmische riemen die het water kliefden, plets, plof, plets, plof, en Davids hand op de mijne, een bij die zoemde bij de deur, plets en ik dommelde weg terwijl waterdruppels van de riemen spatten.

Die morgen stond ik gauw op, dat was beter dan in bed blijven met dat katterige gevoel over die nachtelijke ruzie. Ik kleedde me lekker warm aan, twee truien, stevige laarzen, een wollen muts tot op mijn wenkbrauwen, schapenleren handschoenen, mijn dikste jas. Ik haatte kou, maar ik voelde me met al die lagen net een ui.

Er was geen mens te bekennen toen ik het plein overstak, in de richting van de kerk; het zou de tijd korten en het gebeuren van die nacht uitwissen. Langs de gracht tekenden de gevelspitsen zich scherp af tegen het blauw van de lucht, in een patroon van trappen en rondingen, schijnbaar als in een plat vlak, als decors op een toneel. Er stonden geen ramen open. Ik had een kortstondig gevoel van vreugde bij de gedachte dat ik de stad geheel voor mezelf had.

Toen ik een brug opliep, glibberde er onder mij een eend over het ijs. En al kijkend verloor ik ook mijn evenwicht, ik gleed uit en viel. 'Au.' Ik wreef mijn pols, lachte bij de gedachte hoe zot ik eruit moest zien, voor zover er al iemand in de buurt was. Ik probeerde overeind te krabbelen en gleed weer uit. Door me aan de brugleuning vast te houden, lukte het me uiteindelijk, en als een jichtige oude dame, een onelegante jichtige oude dame, schuifelde ik de brug af.

Na die eerste val liep ik voorzichtiger. Maar pas toen ik bij het Rembrandtplein was, waar het vlak is en waar behoorlijk gestrooid was, kon ik er de pas in zetten. Het plein lag er verlaten bij op dit uur van een winterzondag, zonder de harde muziek en de neonlichten en de ronddwalende mensenmassa's.

'Goedemorgen.'

Ik stond stil.

Het keurige echtpaar leek verheugd dat het iemand gevonden had om aan te spreken. De vrouw hield hoopvol een foldertje in mijn richting. 'Mogen wij uw aandacht hiervoor vragen?'

'Nee, dank u.' Snel liep ik door voor ik schuldgevoelens kreeg. Een mens voelt zich nu eenmaal makkelijk schuldig over kleine dingen, toch? Wijs me een nieuwe winkel, een nieuw restaurant met weinig klanten, en ik denk dat het mijn schuld is als het een maand later of zo gesloten wordt, omdat ik er nooit binnengelopen ben. Natuurlijk, ik had tegen de

Jehova's getuigen kunnen zeggen dat ik op weg was naar de kerk, maar ik wist niet of dat telde.

Ik was er ook niet zo zeker meer van dat ik daarheen op weg was; ik had het gevoel dat mijn motieven niet zuiver waren. Ik vertraagde mijn pas, keek etalages waar géén rolluiken waren. Toen ik eindelijk bij het Begijnhof en de kerk daar arriveerde, herinnerde het mededelingenbord bij de ingang mij eraan dat de dienst niet om elf uur begon maar om halfelf. Zie je nou wel. Ik was hoe dan ook te laat.

In de gevangenis was de pastor vriendelijk tegen me geweest. Een versleten man, met een rauwe, krassende stem, die met mij over politiek had gepraat en over de problemen van geïnstitutionaliseerde godsdienst, waarmee hij, naar ik aannam, doelde op zijn eigen lege kerk, en ik had het niet erg gevonden dat hij niet meteen over mijn situatie begonnen was; het was al een troost dat hij me als mens behandelde en me in vertrouwen nam. We hadden onze gemeenschappelijke passie voor Dickens ontdekt, en via vele andere bronnen van inspiratie, waren we ten slotte geëindigd bij de bijbel en de psalmen, die hij, naar hij vertelde, las wanneer hij ten einde raad was.

Op een nacht had ik, nieuwsgierig, de bijbel ter hand genomen en een paar psalmen gelezen en toen nog een paar, en het had me een vaag gevoel van troost gegeven. Lees om de schoonheid van de taal en de gedachten, had hij gezegd, maak je niet druk om geloof, en dat had ik gedaan en ik was verder gegaan met andere delen van de bijbel.

Ik was hem iets verschuldigd. Een andere keer.

Besluiteloos stond ik daar toen er ijle sneeuw begon te vallen, die in mijn gezicht prikkelde als ik tegen de wind in liep, dus ging ik de andere kant op. Ik zou met een wijde boog richting musea gaan. Ik kreeg nooit genoeg van dwalen door de stad, die mijn maatje en mijn vangnet was. De warme bakstenen waren mijn vrienden, de sierlijke architectuur, dat niet-monumentale, dat alles was mijn troost.

David en ik hadden eens de hele nacht na een feest doorgebracht met dwalen door Londen. We waren thuisgekomen en hadden geen zin gehad om te slapen. We waren meteen weer de deur uitgegaan en waren door de parken en een verlaten West End naar de City gewandeld, talmend bij de door Wren gebouwde kerken, de Billingsgate Market en de Bank of England, stuk voor stuk monumenten, terug door Southwark en over de Westminster Bridge net op het moment dat de zon opging boven Westminster. Bij Hyde Park had ik mijn geheel versleten laarzen in een afvalbak gegooid en we waren verder gegaan op weg naar vrienden met wie we voor de lunch in een kroeg hadden afgesproken, en we hadden onszelf een wandelvakantie beloofd voor die herfst, in de Spaanse Pyreneeën.

Het is er nooit van gekomen. Zo gaat dat met plannen.

Het bijbelboek dat mij het meest getroffen had, was Prediker, het boek van de 'ijdelheid der ijdelheden'. Het niets-nieuws-onder-de-zon aspect ervan plaatste mijn verleden in een duidelijk perspectief. Soms kijk ik nog wel eens naar de verzen en doe ik mijn best om hun bijna cynische advies op te volgen.

Even bij de deur zwaaien met mijn museumkaart en ik was binnen in het Van Goghmuseum, omgeven door het geroezemoes van stemmen in het gedrang bij de garderobe. Ik vond een plekje op de bank in de buurt van *De aardappeleters* en staarde naar de vertrouwde donkere figuren, wilde dat zij de koude buiten hun stulpje niet zouden voelen. Het helpt om je te concentreren op één ding tegelijk, hoe nietig ook, al het andere buitensluiten, het verleden en de toekomst. Zo heb ik geleerd om afstand te nemen, zo, en ook door vast te houden aan een zekere routine, naar musea gaan en naar cafés. Denk niet dat het makkelijk was. Dat was het niet, en vooral niet in de weekends.

Ik keek naar de vloer en schermde mijn ogen af met mijn hand zodat het enige wat ik zien zou, schoenen waren. Het was een spel dat ik soms in musea speelde, dan bedacht ik de persoon bij de schoenen en keek ik welke schoenen sloften, welke zelf nieuwe wegen insloegen en welke in groepjes bleven hangen, welke huppelden, welke stopten. Zwarte schoenen daar voor me. Grijze pantalon. Een suppoost, nam ik aan.

'Neemt u mij niet kwalijk.'

Ik keek op en glimlachte. Blauwe blazer, dienstkleding.

'Ons beleid, ziet u, is om geen rondleidingen met gids toe te laten,' zei hij, 'dat is storend voor de andere bezoekers.'

Hij zag mijn niet-begrijpende blik. 'O, neemt u me niet kwalijk,' verontschuldigde hij zich, 'u bent geen...? Nee, dat bent u niet, nu zie ik het. Ik dacht dat u de dame was die zojuist sprak. U lijkt veel op haar.'

'Het geeft niet,' zei ik, 'ik heb nu eenmaal zo'n gezicht. Mensen schijnen altijd te denken dat ze me eerder ontmoet hebben. Net zoals ze allemaal menen te weten welke nationaliteit ik heb... Amerikaans, Nederlands, Duits, Zweeds,

Engels, dachten ze. En wat denkt u? Kom, doe eens een gok.'

Hij schuifelde weg, in verlegenheid.

Weer voor elkaar, dacht ik. Dat was de Joanna in mij. Soms ging ik door wanneer anderen allang hun mond zouden houden.

Ik betastte mijn gezicht met mijn vingers, deed alsof ik een blinde vreemdeling was. Niet dat ik het erg vond om standaard te zijn; maar het leek me zo onwaarschijnlijk. Een soort standaarduitgave van een gezicht, aantrekkelijk, als ik moest geloven wat men zei. En toch moest er ergens in de hemel een fabriek zijn die klonen produceerde: doorsneelengte, slank, twee ogen, groenig-grijs, één neus, recht, het puntje iets opwippend, donker, bijna zwart, kort haar, voorhoofd, oren met kleine lelletjes, een moedervlek onder het linkeroog, een gulle mond, mooie tanden. Misschien moest ik mijn haar weer laten groeien.

Een klein meisje in een chic, blauw overgooiertje en een wit bloesje, een weelderige bos haar dansend op haar rug, liep langs, turend naar de schilderijen, haar voorhoofd precies zo gefronst als de man voor haar. Ze zuchtte. Toen ze de lege stoel van de suppoost zag, liep ze eropaf en klom erop; daar zat ze met haar handjes en enkels zedig gekruist als op een schilderij van Gainsborough.

'Misschien moeten we toch aan een kindje gaan denken.' Davids been rustte zwaar op het mijne. Ik volgde met mijn vinger de krulhaartjes boven aan zijn dij.

Hij verschoof. 'Ik dacht dat we hadden afgesproken om nog te wachten.'

'Mmm.' Mijn vinger kroop verder naar boven. Hij ving hem, bracht hem naar zijn mond en gaf er een zoen op.

'Praten we serieus?' Hij steunde op zijn elleboog en keek me aan.

'Misschien wel.'

'Luister nou eens even, als we doorgaan zoals we nu doen, kunnen we binnen vier jaar een lekker huis kopen, met een tuin. Ergens buiten Londen op forensafstand. En dan gaan we denken aan een gezin. Daar waren we het over eens.'

'Ik ben achtentwintig', bracht ik in het midden.

'Kom nou, liefje. We hebben nog jaren voor ons. Niet nu. De tijd is er niet rijp voor. En je werk dan? Dat vind je toch leuk?'

'Misschien zal de tijd er nooit rijp voor zijn', zei ik, maar eigenlijk kon het me niet schelen. Ik had plezier in mijn werk en in ons leven, en het geld dat het opleverde. En we hadden nog tijd genoeg. Dat is wat ik tegen Catherine zei toen het onderwerp ter sprake kwam op een borrel. Ik waardeerde Davids benadering van het leven, de verstandige manier waarop hij de dingen plande. Zijn universum had zoveel steviger geleken dan de zandverstuiving van mijn verleden.

Een nog jonger kind in een grijze flanellen broek kwam met zijn vader in mijn richting, en het meisje gleed van de stoel af en liep naar ze toe. Als David en ik een dochtertje hadden gehad, had ze er misschien zo uitgezien. Ik glimlachte, genoot van het kijken naar haar. 'Heeft hij nooit treinen geschilderd, papa?' vroeg het jongetje, en hij trok aan de hand van zijn vader, zijn hoofdje geheven naar de schilderijen.

'Treinen? Van Gogh? Ik weet het niet. Kom, dan gaan we kijken.' Hij wendde zich tot het meisje en boog voorover. 'Julie, als je wilt, mag je in je eigen tempo verder gaan, maar als je ons kwijtraakt, moet je beneden bij de ingang van de museumwinkel wachten, begrepen?'

Ze knikte. Ze zou niet verdwalen. Ze was welgemanierd en geliefd, zoveel was duidelijk. Ze zou hooguit gekidnapt worden om haar ernstige, kalme manier van doen.

3

Op maandagmorgen fietste ik voorzichtig naar kantoor en was daar als eerste. Naar de balie, de post van zaterdag neergelegd, computer aangezet, berichten afgeluisterd, koffie gezet, lichten aangedaan.

Om vijf voor halfnegen zag ik door het raam aan mijn linkerhand de postbode aankomen. Ik reikte onder de balie naar de zoemer om hem binnen te laten.

'Mag ik ook een slok?'

Ik schoof mijn koffie naar hem toe. 'Ga je gang.'

'Ik maakte een grapje.' Hij keek bijna onthutst.

'Ik kan een kopje voor je inschenken als je wilt.'

Hij schudde zijn hoofd: 'Geen tijd', en weg was hij weer, met achterlating van een zak vol post. Ik viste de pakjes eruit en legde ze als gewoonlijk in stapeltjes op de balie, waarbij ik genoeg ruimte overliet om eroverheen te kunnen kijken wanneer ik er straks achter zou zitten. Mijn stoel stond zo opgesteld dat ik door het raam het trottoir en de weg kon zien, en binnen de trap aan de andere kant van de hal.

Om kwart vóór liet ik Lisa binnen. 'Hallo. Mijn God, wat

een kou.' Ze deed haar wollen muts af en schudde bibberend haar lange, krullende lokken.

'Hoi.' Ik leunde over de balie en streepte haar naam af op mijn lijst.

'Heb je geschaatst?' Ze snoot een felroze neus.

'Nee. Jij?'

Ze fleurde op. 'En of. Bijna het hele weekend.'

'Hier. Wil je deze mee naar boven nemen?' Ik gaf haar een stapel pakjes. 'Is er nog iets gebeurd vrijdagmiddag?' Dat was mijn vrije middag.

'Ik geloof het niet.' Ze stond de etiketten te bekijken. 'Zou jij de vertrektijden van treinen naar Rotterdam voor me willen opzoeken, Alice? Ik moet om een uur of twee weg.'

Ik liep richting computer achter de balie.

'Er is geen haast bij. Wanneer je even tijd hebt.' Ze liep de hal door en rende lichtvoetig de trap op.

Ik zoemde de deur open voor Marius. 'Morgen, schoonheid. Heb je een leuk weekend gehad?' Hij ritste met een hand zijn leren jack open en pakte met de andere mijn lege kopje, terwijl ik knikte. 'Ik zal nog wat koffie voor je halen.'

Ik nam de telefoon op. 'Uitgeverij Classis, goedemorgen.' Simon meldde dat hij ziek was. 'Erg ziek?' vroeg ik.

Griep, was het antwoord. Een koutje, was mijn visie, Simon kennende. 'Oké.'

Marius was terug met mijn koffie en de zijne. Hij zat in een van de vensterbanken aan mijn kant en draaide een shagje.

Ik wendde mijn blik af en zoemde een stroom mensen binnen, met even rode neuzen en net zo dik ingepakt als ik daarstraks. Toen ik vijf jaar geleden bij Classis kwam, waren er maar zeven werknemers, mijzelf incluis, en ik bracht toen ongeveer evenveel tijd door met tellen van woorden in manuscripten en sorteren van recensies als aan de telefooncentrale. Sindsdien was de uitgeverij gefuseerd en uitgebreid, en daarmee ook mijn Nederlandse vocabulaire, tot er zo'n zeven werknemers waren op elk van de vijf verdiepingen van het nieuwe kantoor. Marius was halverwege die uitbreiding verschenen en we hadden vrijwel meteen een korte affaire gehad, waardoor we ons op ons gemak voelden bij elkaar. Hij hield van een snel kopje koffie, een sigaret en een babbel voor hij aan het werk ging. En ik stelde zijn informele gezelschap op prijs.

'Je hebt het drama op vrijdag gemist', zei hij terwijl hij een sigaret opstak. Hij woonde nu samen met een vriendin.

'O, ja? Wacht even. Uitgeverij Classis, goedemorgen... Hij is er nog niet. Zal ik hem vragen u terug te bellen? Prima.'

Ik legde de hoorn neer en maakte een aantekening naast Dirks naam.

'Hanna was op haar teentjes getrapt omdat Lisa vergeten was haar te vertellen van de borrel voor Marianne Seber. Dus moest ik van haar Lisa op haar donder geven. En Lisa in alle staten; je weet hoe erg ze het vindt om mensen te kwetsen.'

En hoe gauw Hanna beledigd is, dacht ik. En hoe Marius de dingen weer gladstrijkt.

'Alles is op zijn pootjes terechtgekomen,' vervolgde hij, 'en Hanna is op het feest geweest.'

'En was alleraardigst?'

Hij nam een trekje en knikte. 'En was alleraardigst.'

Er stopte een motor buiten op straat achter Marius' rug, en ik deed de deur open voor de koerier die de twee treden van de stoep af waggelde, gekleed in een grote krakende regenbroek. 'Van Schiphol', zei hij, en hij schoof me een ontvangstformulier toe.

'Bedankt.' Ik nam de telefoon op. 'Uitgeverij Classis, goedemorgen.' Dit keer was het een Engelse stem.

'Ik ga maar eens', zei Marius.

Ik wuifde naar hem. 'Ik geloof dat meneer Van Vliet in gesprek is op dit moment. Blijft u even aan de lijn?'

Dirk stond voor de buitendeur. Ik liet hem binnen. Hij vloog langs de receptie, op weg naar de trap. 'Je post!' riep ik, 'en er is een bericht voor je – ik verbind u nu door', en ik toetste de knop van Koos van Vliet in. 'Uitgeverij Classis, goedemorgen.' Het was voor Lisa. Het is de kunst om zo min mogelijk telefoontjes te missen. Ik was er trots op hoe snel ik aan de telefoon kon spreken als het moest.

'Heb je dat briefpapier besteld?' Eric, het manusje-van-alles, stak zijn hoofd om de deur. 'Ben je er vanmiddag?'

'Ja.'

Dirk pakte zijn post en de aantekening en blies me een zoen toe. 'Ik verbind u door', zei ik tegen de persoon aan de lijn. Eric zwaaide verwoed naar me met zijn armen. 'Nee, niet vanmiddag,' antwoordde ik, 'waarom zo'n haa...?' maar hij was al verdwenen.

Ik grinnikte en zette de hoofdset op; het werd te druk voor de handset. De ronde speaker tegen mijn oor en het microfoontje bij mijn mond. Ik vond het leuk werk. Vier uur concentreren en mensen om me heen en straks de middag voor mezelf. Geen klanten mee uit moeten nemen voor de lunch, geen nieuwe fondsen moeten werven of te hoog gestelde jaarresultaten halen, geen verantwoordelijkheden die verder reikten dan het moment waarop ik het pand verliet, geen problemen om 's nachts van wakker te liggen.

De ochtend was zo voorbij. Ik maakte mijn slot open en fietste naar de rivier en café Duecento. Toen ik daar aankwam werd mijn aandacht getrokken door een ijssculptuur tussen twee woonboten, een eindje van de kade: een gans, de kop naar mij gekeerd, linkervleugel gevangen in de vlucht, rechtervleugel gebroken, nutteloos neerhangend langs zijn zij.

Ik liep erheen, fiets aan de hand, om van dichtbij te kijken en zag dat de gans geboren was uit water dat uit een lekke rubberslang sproeide die tussen de woonboot en de kade hing. Maar voor mij was het een gans, en met een glimlach stapte ik het café binnen. Daar pakte ik een krant uit de krantenbak en nestelde me bij het raam, lekker met de geur van chocoladetaart en koffie om me heen; er waren nog drie mensen, die lazen ook, hielden me gezelschap, de enige geluiden: het geknisper van papier en gekras van bestek op aardewerk. Ik deed een klodder jam en kaas op de croissants, gadegeslagen door een mus aan de andere kant van het raam, zijn veren overeind door de wind en de sneeuw. Hij tsjilpte hulpeloos naar me. Onder de mus, beneden bij de rivier, kon ik nog net de kop van mijn gans zien. Ik duwde de kruimels naar de rand van mijn bord, met het plan ze aan de mus te geven, maar toen ik buitenkwam was hij gevlogen.

Bij thuiskomst lag er een briefje op de mat bij de voordeur. Ik moest een pakje afhalen bij het postkantoor. Ik fietste erheen, maar bij aankomst was de binnendeur dicht en het rolluik naar beneden. Het stonk er zuur naar urine, de vloer bij de geldautomaat was nog niet schoongemaakt. Er zat een briefje op het luik: 'Vanwege een gewapende roofoverval zijn wij de rest van de dag gesloten.' Moeten zeker door het traumateam opgevangen worden, snierde ik.

O, ik wist alles van hulpverleners, en ik kotste van ze. Ze hadden er niets van begrepen. Daar zitten ze dan, zelfgenoegzaam, hun oordeel klaar, en holle woorden van troost. 'Spreek vrijuit', had de eerste gezegd, vol medeleven knikkend toen ik mijn verhaal deed. Ze had met haar potlood op het formica bureaublad getikt en was erachter vandaan gekomen, ze was op het randje gaan zitten om dichter bij me te zijn. 'Het is volkomen begrijpelijk dat je zo gehandeld hebt. Ik ben ervan overtuigd dat je de baby op dat moment niet echt als een vervanging zag. Hormonen kunnen een heel sterke drijfveer zijn, weet je. Die moeten we niet onderschatten.' Het was stompzinnig zoals ze precies het verkeerde spoor volgden, door mijn daden te zien in het licht van gefrustreerde hormonen, ervan overtuigd dat zij mijn motieven beter kenden dan ik. Daarmee legden ze een ziel bloot die de mijne niet was. Ze probeerden me ervan te overtuigen dat mijn geestesevenwicht verstoord was.

Ik kon me niet voorstellen van wie het pakje kon zijn, en dan ook nog uit Londen.

Ik stopte het papiertje diep in mijn zak, zette mijn kraag op omdat het weer begon te sneeuwen en ging naar huis.

Een Poolse film in Rialto leek de moeite waard. Die avond stoofde ik prei, kookte pasta, maakte een blik tonijn open, mengde het geheel door elkaar met olie en flinters chili en at het haastig op, om vervolgens weer al mijn lagen aan te trekken en eropuit te gaan, dwars door het park om de stank van het open urinoir op de hoek te omzeilen. Ze zeiden dat je 's avonds niet door een park moest gaan, maar ik had een oud padvindersfluitje in mijn zak om op te blazen, mocht ik ooit aangevallen worden, en ik had het nog nooit hoeven gebruiken.

Ik haalde thee en een reep chocola bij het bioscoopcafé en nam die mee naar binnen terwijl de lichten doofden. Ik nipte langzaam van de thee terwijl de film begon, maar ik kon me niet ontspannen, angstig wachtte ik op het geweld dat komen zou. Ik kreeg gelijk: de film was een half uur aan de gang toen de eerste vuist op een man inramde. Ik sloot mijn ogen, stelde me voor hoe hij ineenkromp van pijn. Toen ik ze weer opendeed, lag hij daar opgerold in een poging om te ontkomen aan de laars die nog steeds naar hem trapte. Ik liep de film uit. Buiten ratelde een tram voorbij en het waaide en de lichtjes die over de straat gespannen waren, dansten in de wind. Ik haalde diep adem. Paartjes liepen langs, het geklikklak van hun voetstappen geruststellend gewoon en vredig.

'Hé!' Er kwam een fiets op me af. 'Alice!'

Het was João van de etage beneden, viool op zijn rug, op weg naar huis. 'Wat ga je doen?'

'Ik ben net uit een walgelijke film gelopen. Hij was vast geweldig, helemaal zwart-wit en prachtig, maar ik kon niet tegen het geweld. Ik baal.'

'Ik ook.' Hij grijnsde maar weidde niet verder uit. 'Biljarten doe je zeker niet, hè?' De stoppels van zijn beginnende baardje glinsterden in het licht van de lantaarn.

'Nee. Het spijt me. Is schaken ook goed? We hebben in geen tijden gespeeld.'

'Natuurlijk, prima', zei hij een en al enthousiasme, en hij stapte af en nam zijn fiets aan de hand.

We liepen naar het dichtstbijzijnde café, op de hoek. Een man speelde piano achter in de bar, de klanken vlogen als een zwerm spreeuwen onder zijn vingers vandaan. De muziek, het schaken, de wijn en João's gezelschap wisten de laatste sporen van de film uit en toen we afscheid namen, drie zoenen en een knuffel, was ik weer tevreden.

Zoete marihuanadampen dreven naar buiten door de ventilator van de koffieshop in onze straat. De Surinamer achter de bar wuifde toen ik langskwam. Oliver klaagde altijd over het lawaai van hun auto's die 's avonds laat stonden te ronken en over hun luide gesprekken op de stoep, maar ze brachten leven in de straat en gaven hem iets bruisends, en op zomerzondagen was het trottoir een bonte massa van kleuren en enthousiasme, wanneer er uitjes voor hun families werden georganiseerd. Er waren, als gewoonlijk, alleen maar mannen daarbinnen, allemaal fors van postuur. Ik was ervan overtuigd dat als ik ooit 's avonds laat in mijn eentje werd aangevallen, ik daar naar binnen kon rennen, en veilig zou zijn.

4

Het zoemersysteem op kantoor lijkt overbodig omdat ik de mensen toch altijd binnenlaat. Mijn hand ging naar de knop toen ik Stella buiten op de ingang zag afstevenen.

'Wat ben jij laat', merkte ik op toen ze de receptie binnenkwam voor haar post.

'Tandarts,' zei ze kortaf, 'kijk', en ze probeerde te lachen, maar haar gezicht bewoog slechts voor de helft. 'En ik moest lopen, heen en terug. Ik fiets niet meer, het is te gevaarlijk met die gladdigheid.'

'Ik ook niet.' Ik had mijn fiets achtergelaten aan de eerste de beste brugleuning die ik tegenkwam na een schuiver dwars over de weg, en had de tram gepakt.

Met: 'Uitgeverij Classis, goedemorgen', nam ik de telefoon aan. 'Wat heeft hij gedaan?' vroeg ik geluidloos, terwijl ik luisterde naar de persoon aan de telefoon, wachtend op de naam van degene die hij spreken wilde. 'Paul Martin? Ik verbind u door.'

'Uitgeverij Classis, goedemorgen, hebt u een moment?' Alle lijnen waren bezet.

'Een inlay', zei Stella. 'Ik haat tandartsen.'

'Het zelfmoordpercentage onder hen is hoog', vertelde ik haar. 'Je zou medelijden met ze moeten hebben.' 'Ze is nu vrij, ik verbind u door.' 'Misschien zelfs wel het hoogste.'

'Weet je het zeker? Ik dacht dat dat onder de boeren was.'

Ik knikte. 'Vrijwel zeker – uitgeverij Classis, goedemorgen', ik verbond door terwijl Stella de trap opstommelde.

Ik moest vreselijk nodig naar de wc, maar toen ik Eric belde om over te nemen, antwoordde hij niet. Ik mikte de hoofdset af en rende.

Het hardnekkige alarmsignaal van een buitenlijn, uup-iep, acht seconden, uup-iep, dat klonk wanneer je een telefoontje liet wachten, klonk zelfs door de wc-deur heen. Ik racete terug naar de telefoon. 'Uitgeverij Classis, goedemorgen, blijft u aan de lijn?' klik, 'Uitgeverij Classis, goedemorgen, blijft u alstublieft aan de lijn', klik.

'Waar zat je?' Eric kwam binnenstormen, 'de telefoon bleef maar gaan.'

'Waarom heb je dan niet opgenomen?' 'Ik verbind u door, meneer.'

'Sorry', zei Eric. 'Wanneer je even tijd hebt...'

Weer de telefoon.

'Wanneer je even tijd hebt,' herhaalde Eric, 'ik moet drank bestellen voor vrijdag. Hoeveel bier moet ik halen, denk je? Het is voor het debuut van Wim Mellor.'

'Vier kratjes', zei ik. 'Uitgeverij Classis. Stella, ja, die is hier. Ik verbind u door.' Ik keek naar buiten en zag een rode hoed voorbijschuiven op de gracht. 'Wordt er ook op de Herengracht geschaatst?'

'Ik zou het niet doen, maar het kan', antwoordde Eric. 'De enige gracht die ze nog openhouden is de Prinsengracht... voor de brandweerboten, dus we kunnen hier maar beter geen brand krijgen. Wat voor vruchtensap zal ik bestellen?'

'Doet er niet toe. Kies jij maar.'

Hij zuchtte. 'Ik drink dat spul niet.'

Lisa kwam haar faxen halen. 'Over feestjes gesproken, jullie weten toch dat de datum voor het feest van kantoor verzet is, ja?'

Ik wist het niet. Het bloed vloog naar mijn gezicht. Erger nog, ik wist niet eens dat er een zou zijn. 'Feest van kantoor?' vroeg ik, zo luchtig mogelijk.

'Ja.' Ze keek me bevreemd aan. 'Het feest op de avond vóór het uitstapje van kantoor. Daar wist je van.'

Het zweet brak me uit. Ik mocht dan niet meer overal in betrokken willen worden, maar dat betekende nog niet dat ik buitengesloten wou worden, dat niet, dat zou weer een ander soort gevangenis zijn. Ik moest kunnen kiezen. 'We zouden heus geen feest vieren zonder jou!' plaagde ze. 'Hoe het ook zij,' vervolgde ze, 'het is donderdag over drie weken. Het moest verzet worden vanwege de brand.'

'Welke brand?'

Lisa schudde haar hoofd naar mij. 'Romeo is in vlammen opgegaan. Dat heb je toch zeker wel gehoord!' Maar dat had ik niet. 'O, je bent echt een hopeloos geval. Voor iemand die zo efficiënt is, ben je soms wel heel erg niet van deze wereld. Ga je nooit naar de disco?'

'Natuurlijk wel. Elke avond, hele nachten.' Ik grinnikte naar haar. Toen herinnerde ik me het formulier over het kantooruitje, dat oningevuld ergens thuis rondslingerde.

'Het is nu in Odeon. Wil je even een memo laten rondgaan, voor het geval er meer zijn die het niet gehoord hebben? O, en er komt ook een band,' riep ze over haar schouder toen ze de kamer verliet, 'de band van Dirks vriend. Dansen. Wordt vast leuk.'

'En vrijdag. Hapjes,' zei Eric, 'chips en dipsaus? Kaas, gember, gewoon zoals altijd? Hou je van dansen?'

'Ik ben dol op dansen', zei ik. 'Lijkt me goed zo. Doe maar.'

Toen ik kantoor verliet, was het donker en de temperatuur was ver onder nul gedaald. Ik neuriede, handen diep in mijn zakken, blij met het vooruitzicht van het feest. Ik had nou niet bepaald voor elke dag van de week een uitnodiging. Linksaf langs de Keizersgracht, tegen het kleine beetje verkeer in. Beneden mij, buiten het gele licht van de lantaarns, klonk het krassen en zoeven van schaatsers in het duister.

Ik hoorde gedempte stemmen aan de andere kant van een geparkeerde auto, en ik liep eromheen naar een rij schaatsers, die met wollen mutsen op hun schaatsen zaten onder te binden. Ik liet mezelf zachtjes naast hen op het ijs zakken en begon mijn tocht over de bevroren gracht, zonder me iets aan te trekken van mijn zotte zachte schoengeschuifel terwijl schaatsers voorbijsuisden, alleen en in paren.

5

'Everybody loves ma baby', zong ik zachtjes. Linkervoet voor, aansluiten, twee stappen rechts, aansluiten, gleed ik over de parketvloer van de museumzaal.

'But ma baby don't love nobody...' Ik strekte mijn armen uit, zakte iets door mijn knieën en schudde even vlug mijn borsten.

'...but me, nobody...'

Ik hoorde het geklikklak van naderende voetstappen en stond stil, bijna in de houding, tegenover het reusachtige schilderij *Who's Afraid of Red, Yellow and Blue*, en deed alsof ik ernaar keek. Het nam het grootste gedeelte van de muur in beslag. *'...but me'*, zong ik verder in mijn hoofd. Ik keek langs de glimlach die de nieuwkomer mij toewierp en staarde naar het schilderij van Newman. Op het feest van kantoor zou ik er klaar voor zijn om te dansen met Marius, of Dirk, of zelfs met Simon. Ik zou wiegen en zwieren met de besten. Ik was er een beetje uit, maar we hadden nog drie weken te gaan.

Everybody loves ma baby...

Het lied stierf weg in mijn geest. Het had geen zin als ik er niet op bewegen kon. Ik wriemelde aan de punt van mijn ceintuur en keek vanuit mijn ooghoek naar de indringster. Ze stapte achteruit en zette de bril die om haar nek hing op haar neus om de smalle lijnen aan de zijkant van het monotoon rode schilderij te bekijken. Het waren er maar twee en ze liepen van boven naar beneden; de ene was geel, de andere blauw, en waarom ze die van dichterbij moest bestuderen, was me een raadsel. Meer was er niet. Ik kende ze zo goed dat ik ze zelfs in mijn dromen had kunnen reproduceren. Aan de andere drie muren hingen soortgelijke schilderijen, groot en eenvoudig; de kleuren waren anders en zo ook de plaats van de lijnen. Ik hield van deze zaal, zomaar omdat er voldoende ruimte was en omdat de meeste mensen er alleen maar doorheen liepen. Als de vrouw over alle schilderijen even lang deed, zou ik verder moeten. Wintermiddagen vroeg in de week waren meestal het rustigst. Misschien deed ze er extra lang over omdat ik er was; misschien wilde ze niet dat ik haar voor een cultuurbarbaar aanzag. Het was me opgevallen dat sommige bezoekers het niet leuk vinden om betrapt te worden op onverschilligheid.

Ik glipte naar de volgende zaal en kuchte zachtjes, als test. En jawel, toen ik terugliep, zag ik net de praktische rok en het been van de vrouw verdwijnen door de deuropening aan de andere kant.

Ik glimlachte en keek op mijn horloge. Nog maar een uur voor het museum dicht ging. Behalve dansen zou ik ook mijn schoenenspel spelen.

Met mijn ogen op de vloer gericht vanwege het spel, strekte ik mijn armen uit.

By the waters of Babylon, begon ik weer te zwieren, trager. Ik hoorde het gekraak van schoenen en hield een hand boven mijn ogen om mijn gezichtsveld te verkleinen. Ze waren zwart. Daarboven een broek die ik herkende als die van een suppoost, ik hoorde in ieder geval ook het geknetter van een walkietalkie. Ze liep kwiek de zaal door en ik mistte vrijwel geen maat.

...where we wept, to remember Zion.

Ik zwierde en wiegde. Geweldig.

Er kwamen gele schoenen binnen. Mannenschoenen, stevige met veters.

Ze brachten me van mijn stuk. Ik trok me terug in de bescherming van de metalen blokkenconstructie tegen de muur achter mij. De broek boven deze schoenen was donkerblauw, stijlvol maar heel gewoon. Ik rilde, alsof iemand over mijn graf had gelopen. De drager stond niet meer dan een seconde stil voor het rode schilderij, ging een beetje naar links, toen twee passen naar rechts, en stond weer stil, kennelijk in gedachten. Hij liep verder de zaal door naar de deur rechts aan het einde; hij trok iets met zijn been alsof hij een blessure had opgelopen op het rugbyveld. Gek, rugby. Dat was geen Nederlands spel.

Gele schoenen. Ik strekte mijn armen weer uit. Maar ik hoorde geen muziek meer in mijn hoofd. Ik ging achter hem aan, naar het einde van de zaal en rechtsaf naar de hoekzaal met de De Koonings, maar de schoenen en hun drager waren verdwenen. Ik bleef in de hoekzaal en schuifelde wat heen en weer, in de hoop dat de muziek zou terugkomen. Het vodje papier van het postkantoor kwam bovendrijven. Ik was uit mijn doen door die schoenen.

Mijn voeten wilden niet dansen. Wie zou mij nou een pakje sturen uit Londen? Misschien waren ze me op het spoor. Ik zag weer voor me hoe vrienden, Lydia en Tom, meewarig naar me keken; zag hoe ik Catherine in verlegenheid bracht.

Ik schudde mijn hoofd om de beelden te verjagen, probeerde ze weer op te sluiten in het verleden, waar ze thuishoorden.

Het hout van de museumbank schoof zachtjes in mijn knieholten, ik ging zitten. De baby had gele schoentjes aangehad. Ik probeerde mijn paniek de baas te worden.

Had ik iets anders kunnen doen? De baby in zijn ouderwetse, hoge kinderwagen was weerloos. Het was op een zaterdag en ik was jarig. Ik kwam net terug van een lunch met Catherine, rozig van de wijn en de vriendschap. Zijn moeder was meer dan zes keer zo groot en sterk. Ze sloeg het kind in zijn gezichtje.

Ik had geaarzeld en was toen op de vrouw afgestapt. We waren ongeveer even oud. 'Niet doen.'

Ze keek me aan over het hoofd van de baby heen. 'Heb jij een beter idee?' Het badstof pakje van de baby zat onder het spuug; vlekken ervan op haar zijden jurk. Ze probeerde ze weg te poetsen met een babydoekje, ze werden alleen maar groter. 'Hou je snuit! Hou je snuit!' schreeuwde ze tegen de baby, die nog harder ging huilen. Winkelende mensen liepen met een wijde boog om ons heen. Weer gaf ze de baby een mep en ze sloeg hem tegen de kant van de wagen.

'O, alsjeblieft. Niet doen. Kan ik soms helpen?' zei ik. Ik durfde nog steeds niet echt in te grijpen.

Toen keerde zij zich tegen mij. Haar knappe gelaat werd lelijk, en met de zuivere dictie van een peperdure opvoeding, schreeuwde ze 'Donder op! Donder op, verdomme!' Haar slanke armen spanden zich en ze rammelde de baby door elkaar. Eventjes was hij stil. Ik kon haar dunne gouden armbanden horen tinkelen terwijl ze hem heen en weer schudde, haar knokkels zo strak en wit om zijn armpjes geklemd dat je de blauwe plekken eronder al voor je zag. Zijn hoofdje knikkebolde, zijn spieren nog te zwak om het omhoog te houden.

Ze keek me dreigend aan en ik droop af. Ze ging de bank binnen en liet de wagen buiten staan. Ik tilde de krijsende baby eruit.

In de gevangenis was er geen genade. Ze geloofden me niet. Ik had de baby van een moeder gestolen, dus werd ik gehaat. We kennen jouw slag, kinderdief!

Ik stond in het nieuwe waslokaal, De Groene Weiden noemden ze het om ons nog enig gevoel van waardigheid te geven. Twee rijen wasbakken rug aan rug in het midden, en nog twee rijen langs de kanten onder lange spiegelvlakken, en achterin wc's. De deuren en wanden waren fris groen geverfd, maar het eindresultaat was kil en spookachtig. Ik was gewend aan die optocht van wasbakken, waar ik in mijn eentje tussen stond.

Maar niet aan de stilte. Ik keek op en zag in de spiegel dat de vrouwen allemaal achter mij aan gekomen waren. En niet om zich te wassen. Ze stonden langs de kant en bewogen niet. Ik draaide me om. Een moeder, gescheiden van haar jonge gezin en door het dolle heen, kwam op me af met geheven mes, langzaam en omzichtig, met elke stap werd de afstand kleiner, terwijl ze mij als een bibberend konijn gevangen hield in de dreigende lichtbundel van haar ogen. Zij was de enige die bewoog in die kille, betegelde ruimte. Ik dwong mijn mond open. Van verre hoorde ik schelle schreeuwen, en vaag realiseerde ik me dat ze van mij afkomstig waren.

Ik hoorde geschreeuw achter me en het beeld viel aan gruzels. Een tochtvlaag, en toen een lichaam, niet dat van haar, dat me tegen de grond gooide en meesleepte en me in veiligheid bracht, weg van daar, de rand van een knoop van een gevangenbewaarster die in mijn huid sneed, haar marineblauwe, kamgaren uniform dat prikte tegen mijn wang, terwijl ik aan haar zijde door de rij van vrouwen strompelde, die aarzelend uiteenweek. Ze spuugden naar me.

'Juffrouw.'

Ik schrok op.

'Is er iets, juffrouw?' vroeg de suppoost vlak boven mijn schouder, heel dichtbij. Ik wilde vastgehouden worden tegen de ruige, marineblauwe stof van die geüniformeerde schouder, mijn hart klopte in mijn keel.

Maar er was lucht tussen ons. De vrouw had een stap achteruit gedaan. Zo'n blik van laat-je-niet-in-met-de-bezoekers sluierde haar ogen. Ik deed mijn ogen stijf dicht om de tranen tegen te houden. Ga niet weg, was mijn stille bede, blijf bij me, en ik stak een hand uit. Ze kon niet weten waaruit ze me gered had.

Ze wachtte.

Ik liet mijn onaangeraakte hand zakken en haalde diep adem. 'Er is niets', zei ik ten slotte.

'U zat in uzelf te praten', zei ze beschuldigend.

'Mmm.' Ik concentreerde me op mijn ademhaling. In uit, hier nu. 'Moet ik al gaan?' vroeg ik.

Ze glimlachte, niet meer afstandelijk nu ik kalmer was.

'Over een minuut of tien, ja.'

Ik wachtte tot ze weg was en kwam toen beverig overeind en probeerde te dansen, maar mijn ziel lag er niet in. Ik haatte die gele schoenen. Ik dacht dat ik erin geslaagd was alles achter me te laten.

'Je had tenminste kunnen schrijven, ik dacht dat we vrienden waren', zei ik, vastbesloten om na mijn vrijlating de draad weer op te pakken.

Catherines beeldig geknipte haar gleed voor haar gezicht. Ze draaide haar vork in de tagliatelli, bracht hem naar haar mond en kauwde. Een klodder pesto bleef plakken aan haar lippenstift en ze likte hem naar binnen. Met een behoedzame blik keek ze naar me op. 'Het spijt me heel erg.'

Ik had haar overvallen door haar op haar werk op te bellen, en erop aan te dringen dat we samen zouden lunchen. En nu maakte ik er een puinhoop van door haar in verlegenheid te brengen. Mijn gevoelens waren te gekwetst om perfect in te kunnen spelen op alle nuances van het leven buiten de gevangenis.

'Ik vind het heus vreselijk dat ik je niet ben komen opzoeken. Maar weet je...'

'Ik begrijp het', zei ik, en ik probeerde het echt. 'Je had het druk, en de gevangenis was een heel eind weg.'

'Ja, inderdaad.' Ze legde haar vork neer, opgelucht dat ik zo veel begrip toonde. 'De tijd gaat zo snel.'

'Ja, wat vliegt de tijd hè, wanneer je plezier hebt', sprak ik haar schamper na, en daarmee raakte ik haar voorgoed kwijt. Haar vriendschap had ik al verloren. Uit de snelheid waarmee ze haar vork ronddraaide, kon ik opmaken dat ze weg wilde. We waren niet langer elkaars gelijken en ik bezorgde haar alleen maar schuldgevoelens. Want hoe dan ook, wat ik gedaan had was in haar ogen te stuitend om te accepteren. Het had niets te maken met het plezier dat we samen gehad hadden, de biertjes in de kroeg, de weekends in de provincie met haar en haar Toby.

Met Lydia en Tom was het al net zo geweest toen ik hen terugzag. 'Maar Joanna, jij wilde een baby en David niet. Dat heb je ons verteld.'

'Daar gaat het niet om. En daarbij, dat heb ik jullie niet verteld.'

Ze hadden beduusd gekeken. 'Catherine zal het wel gezegd hebben', zei Tom, en ik stelde me voor hoe ze achter mijn rug de psycholoog uithingen. Er bestond maar één reden ter wereld waarom vrouwen baby's stelen. Daar waren ze zo volkomen van overtuigd. Niemand had behoefte aan mijn ellende. Mijn neef had gelijk: een ander leven, nieuw land, nieuwe naam. Drastisch maar effectief.

De warme stroom achter mijn ogen ebde weg. Ik dwong mezelf de zaal rond te kijken, naar de spatten en vegen stralende kleur die van de De Koonings afdroop. Dat was toen.

Nu was ik Alice Lee en het leven was anders.

Maar toen ik thuiskwam, deed ik de voordeur dicht en staarde naar boven, langs de smalle trap het duister in, en ik registreerde ineens hoe smerig hij was, de treden vaag verlicht door de lantarens buiten, steil en kaal, en de lucht alles behalve fris. Zonder de tijdschakelaar aan te doen, begon ik te klimmen.

Er klonk een klik boven mijn hoofd, Oliver deed de deur open en er viel licht op de tweede overloop, net toen ik er aankwam. 'Ik dacht al dat ik je voetstappen herkende,' zei hij, 'kom je even binnen? Ik heb net thee gezet.'

'Mij best.' Oliver vroeg me niet zo vaak binnen.

'Ik kom er zo aan. Even deze zin afmaken.' Hij typte vlug, staande.

Ik liet me wegzakken in zijn bank en sloot mijn ogen, terwijl ik wachtte tot hij klaar was. De kamer was warm en rook naar zeep en brood.

'Ik heb net een pakket gekregen van mijn tante in New Jersey', zei hij, achter zijn computer vandaan komend. 'Het staat daar.' Hij was zich heerlijk onbewust van mijn chagrijn. Als dat voor hem niet bestond, dan kon ik het misschien van me afzetten.

Hij wees naar een grote doos die op tafel stond. 'Ik zie er vreselijk tegenop.'

'Echt waar?'

'Heus.' Een eierwekker ging af met een scherpe rinkel. Hij pakte een tangetje, viste de theezakjes uit de pot en legde ze op het bordje. Ik volgde zijn bewegingen aandachtig, dankbaar voor hun pietluttige alledaagsheid, stond toen op en liep naar de tafel. Hij pakte een tweede Chinees kommetje van de plank en schonk thee in. 'Daar gaat ie dan.' Hij pakte een schaar en sneed met een punt het dikke plakband open waarmee de twee flappen van de doos bijeengehouden werden. Hij vouwde ze open, haalde diep adem en begon met uitpakken: crackers, drie pakjes, gezinsverpakkingen Hershey-repen, twee, voordeeltubes tandpasta, drie stuks. Hij stopte.

'Jij de volgende ronde', zei hij, zijn gezicht gespannen.

Ik was hem idioot dankbaar. Dit was de realiteit. Ik diepte blikjes ansjovis op, een stel effen witte T-shirts, een voordeelpak Lux-toiletzeep, en begon te giechelen.

'Dacht je soms dat dit leuk was?' barstte Oliver uit.

'Als ik eerlijk ben, eigenlijk wel.'

'Alleen omdat het jouw tante niet is.'

'Dat zal wel, ja.' Maar toen begon ik weer te giebelen. Lieve Oliver. Ik had zin om hem te knuffelen. Lieve, maffe doodgewone Oliver en zijn tante. 'Ze denkt kennelijk dat Nederland nog bezet is. Heb je haar wel verteld dat de oorlog voorbij is?'

'Dat weet ze, maar ze heeft van die vreemde ideeën, dat de dingen op rantsoen zijn, omdat Nederland socialistisch is. Ze is hier verdomme zelf geweest. Eén keer, samen met mijn moeder, op een cruise rond Europa. Twee dagen Amsterdam. Ze hebben me één middag opgezocht, één armzalig middagje, en ook nog klagen dat ze de trap op moesten. Ze vonden hem steil.'

'Dat is hij ook.'

'Ze zijn lui.'

'Gaan ze nooit een trap op in New Jersey?'

'Ben je helemaal? Niet als ze het kunnen voorkomen. Daar heb je liften voor.'

'Misschien was ze geschokt door de straat.'

'Wat is er mis met de straat?'

'Niets,' suste ik, 'maar probeer hem eens even door hun ogen te zien, zij... ach, laat ook maar. Het is een fantastische straat, je weet best dat ik dat vind.'

'Ja. Ja, dat is het.' Hij stond hevig met zijn ogen te knipperen.

Hij moest eens weten hoe goed het was om hem te horen klagen! 'Luister, wacht eens, zal ik wat wijn halen? Ik heb nog een paar flessen staan.'

De trappen waren nu een fluitje van een cent. Ik draaide de kachel hoog zodat het straks warm zou zijn, glimlachte naar mijn bonte meubilair, dat ik al naar gelang mijn pet stond blauw, geel en rood had geverfd. Ik dacht ineens weer aan mijn eigen pakje en zocht in mijn tas naar het papiertje.

Het zat er niet in. Ongeduldig gooide ik mijn tas weer op het bed, pakte de flessen wijn en ging ermee naar beneden.

Oliver wapperde met een portefeuille naar me. 'Kijk eens wat ik onderin heb gevonden', kraaide hij. 'Het is nog een goeie ook, prachtig leer.'

Ik kwam naast hem staan en hij liet me eraan ruiken.

'Je ziet er mooi uit vandaag.' Vlug begon hij de spullen terug in de doos te doen. 'Ik zou echt op je kunnen vallen, als ik geen gay was.'

'Bedankt.' Een beetje in verlegenheid maar wel gevleid, gebaarde ik naar de doos. 'De rest van de spullen was zeker alleen maar verpakking voor die portefeuille. Kom, schenk jij de wijn eens in. Ik heb ook kaas meegebracht, geitenkaas met kruiden. Met jouw crackers, wat dacht je daarvan?'

'Ik zal haar bellen en zeggen dat ze dit niet meer moet doen. Ik ben geen liefdadigheidsgeval. Ze heeft gewoon geen idee.'

En ik ben geen slachtoffer. Oudtante Alice had nooit van zelfmedelijden willen horen.

6

Als gewoonlijk was ik als eerste op kantoor. Mijn grijze bureaustoel was een kleurige cascade van rode, gele en paarse serpentines die zich om rug- en armleuningen slingerden. Ik vond het prachtig. Ik wist dat dit iedereen op zijn verjaardag ten deel viel, maar toch voelde ik me speciaal. Ik dook onder een papieren slinger door die met een boog vanaf het plafond naar beneden hing en startte de computer, terwijl ik de drie grote taarten neerzette die ik onderweg gekocht had, en zoemde toen de buitendeur open.

'Van harte gefeliciteerd.' Lisa kwam binnenvliegen. Van achter haar rug haalde ze een grote bos lentebloemen tevoorschijn. 'Hier', zei ze en ze overhandigde hem.

'O, wat mooi.' Ik begroef mijn gezicht erin en ademde frisheid in en de lente die in aantocht was. Mijn jaarlijkse boeket bloemen. Met de allerhartelijkste groeten van ons allemaal van Uitgeverij Classis, stond er op het kaartje. Gefeliciteerd.

'Vier je het?'

'Ach, een paar vrienden, je kent dat.'

Ik liep naar de keuken om een vaas en zette de bloemen op de balie, waar mijn oog erop zou vallen telkens als ik naar de trap keek, en begon de post te sorteren.

Tegen kwart voor tien was iedereen die verwacht werd, gearriveerd, behalve Dirk. 'Eric', riep ik bij de deur. 'Wil je even overnemen terwijl ik met de taart rondga?'

'Jawel. Als je mij twee stukjes geeft.'

De telefoon ging. 'Slokop. Dan word je veel te dik.'

'Uitgesloten, mijn conditie is perfect.' Hij was zo mager als een lat van het basketballen en elke avond trainen.

'Oké. Toe, neem dan op.'

Hij ging achter de balie zitten in mijn versierde stoel, en nam de hoorn op. 'Uitgeverij Classis, morgen... uh-huh, verbind u door.' Zijn stijl was nogal wat bondiger dan de mijne.

'Nu denkt iedereen vast dat jij jarig bent', plaagde ik.

Eric streek zijn korte krullen glad en keek zelfvoldaan. 'En waar blijft mijn taart?'

'Komt eraan.'

Toen ik terugkwam van mijn taartronde, zat Marius op zijn vaste plek in de vensterbank, hij had de helft van zijn portie op. 'Ik heb de rest bewaard om samen met jou op te eten', verklaarde hij. 'Nogmaals gelukgewenst.'

'Hier.' Eric gaf me mijn stoel terug. 'Bedankt voor de taart. Ik moet weer aan het werk.'

'Nog plannen voor vanavond?' vroeg Marius onder het opsteken van een sigaret.

Ik haalde mijn schouders op. 'Uitgeverij Classis, goedemorgen', en ik maakte een eetgebaar naar Marius, alsof ik met iemand uit eten ging, om hem af te wimpelen. 'Marius? Ja, die staat net hier. Voor jou', zei ik, en ik schoof hem een toestel toe en verbond hem door.

Dirk stond voor de deur. Ik liet hem binnen en streepte hem van mijn lijst. 'Gefeliciteerd', zei hij, terwijl hij de faxen uit zijn postvak haalde. 'Bedankt voor dat leesrapport dat je voor me gemaakt hebt. Ik heb er gisteravond naar gekeken. Wat een rotochtend! Ik kon nergens een parkeerplaats vinden.'

'Graag gedaan.' En dat was zo. Hij vroeg me sinds kort om af en toe een Engels manuscript voor hem te lezen.

'En met wie ga je eten?' vroeg Marius, terwijl hij de telefoon neerlegde. 'Ik zou daarvoor langs kunnen komen. En Dirk wil vast ook, ja toch?'

'Waar?' vroeg Dirk.

'Bij Alice, om haar verjaardag te vieren.'

'Natuurlijk.'

Ik werd zenuwachtig. 'Het zou leuk zijn, maar ik heb iemand beloofd om eerst daar langs te gaan. Ik weet niet of er tijd overblijft...'

'Geeft niet, ik plaagde maar', zei Marius.

'O.' Ik wilde graag dat ze kwamen, maar dan zouden alle anderen ook komen, en dat betekende schending van mijn burcht. Daar kwam nog bij dat ik gezegd had dat ik uit eten ging. Het was veel te ingewikkeld.

'Monique heeft gebeld dat ze ziek is', zei ik zakelijk tegen Dirk.

'Wel verdomme.' Met een frons liep hij gehaast de deur uit en botste tegen Eric op die net weer binnenkwam.

'Let vooral niet op mij', riep Eric tegen zijn rug. 'Hé.' Hij legde een vel papier op de balie en mikte een stel vuile theedoeken op de laatste stapel pakjes die nog niet waren opgehaald. 'Weer problemen met de was.'

Ik drukte op de knop naast lijn drie die overging. 'Uitgeverij Classis, goedemorgen', en ik keek op naar Eric. Zijn goede bui leek verdwenen.

'Wat is er aan de hand?'

'Die theedoeken. Alweer. Er missen er zeven en ik moet hetzelfde aantal terugsturen naar de wasserij. Waar blijven ze toch? Vorige week ben ik nieuwe gaan kopen en nu zijn ze weer verdwenen. Iemand neemt ze mee naar huis.'

'Steelt ze, bedoel je? Maak het nou. Wat moet een mens nou met een kantoor-theedoek?'

Hij keek verontwaardigd. 'Waarom niet? Het zijn goeie.'

'Je moet even rondvragen wie ze gebruikt heeft om gemorste koffie op te vegen. Ik weet zeker dat ze daarom verdwenen zijn.'

Hij snoof.

Ik drukte op de deurbel om een koerier binnen te laten. 'Pakje ligt daar.'

'Misschien heeft de wasserij ze meegenomen', zei Eric.

'Heb je de lijst nagekeken?'

'Dat is het nou net. Ze hebben hem niet teruggegeven.'

'Bel ze dan en vraag erom.'

'Bel jij maar en vraag het,' was Erics antwoord, 'dat is jouw taak.'

'Nee, dat is het niet', zei ik heel beslist.

'Dat is het wel.'

Ik zoemde de deur open. 'Kappen, Eric, hier hebben we het al eerder over gehad.' Ik keek over de balie naar de bezoeker. Stevig gebouwd. Donker, springerig haar, zware, borstelige wenkbrauwen, bleke huid, strakgespannen over scherp getekende beenderen, begin veertig, schatte ik, net als ik.

Eric haalde zijn schouders op. De man stond aan zijn kant van de balie. 'Ik ben hier alleen maar de crisismanager', meldde hij de man, gegeneerd dat hij daar met theedoeken stond.

De man negeerde hem. 'Ik heb een afspraak met Koos van Vliet', zei hij in het Engels tegen mij, waarbij hij dat Koos goed uitsprak. Het was ongetwijfeld een Brit en hij sprak waarschijnlijk geen Nederlands, vandaar dat hij Eric negeerde. Hij had een lage stem. Leuk zoals hij de medeklinkers inslikte, en de klinkers hadden iets heel zuivers van toon, misschien was hij Welsh zoals ik, of Schots, en had hij een tijd op het vasteland gewoond, misschien ook sprak hij vaak een andere taal.

'Koos van Vliet', herhaalde hij, terwijl hij zijn sjaal afdeed. Hij keek naar de serpentines en toen weer naar mij, met een glimlachje, maar hij gaf geen commentaar. Zijn ogen waren heel donker.

'Sorry', antwoordde ik in het Engels. Ik gaf mijn pogingen om hem te plaatsen op. Mijn vinger zweefde boven de knop van Koos. 'Wie kan ik zeggen?'

'John Lowton.' Weer die heldere, bijna buitenlandse uitspraak. 'De heer John Lowton is hier voor je', zei ik tegen Koos. Schots, was mijn conclusie, maar zonder het accent. Dat zou die brede schouders verklaren. Ik kon ze me goed voorstellen in een rugbyscrum.

'Loopt u vast naar boven? Zijn kantoor is op de bovenste

verdieping. Er is geen lift. Koos komt zo naar beneden.'

Zijn kleren, hoewel informeel, waren duur van snit. Misschien was hij meer gewend aan het naar beneden komen van een secretaresse om hem te begeleiden. Maar zo ging het hier niet. Hij had nog geen voet verzet. Hij stond naar mij te staren.

'Ik denk dat hij u halverwege tegemoetkomt', zei ik en ik deed mijn best niet te blozen. Hij leek zich te herstellen en draaide zich om.

'Uitgeverij Classis. Goedemorgen.' Ik onderbrak het geuup-iep van de telefoon.

'Ik dacht dat je nooit zou opnemen', was Erics commentaar. Hij stond stompzinnig te grinniken.

Ik toetste 10 in: 'Ik verbind u door' en draaide me weer om naar Eric.

'Wat is er zo grappig?'

'Typisch Engels!' zei hij spottend. 'Alleen een Engelsman zou zulke schoenen dragen.'

'Wat voor schoenen?'

'Gele. Echt, ik had het niet meer.'

Ik verschoot.

'Hé, is er iets?' vroeg Eric.

Ik ademde langzaam uit en glimlachte. Het was tenslotte maar een kleur!

'Crisismanager, jij?' plaagde ik hem.

'Niet soms? Alles wat die zakkenwassers niet doen, mag ik opknappen. Doe de was, koop de drankjes in, veeg de stoep, en nu verwacht je ook nog van me dat ik die theedoekendieven opspoor!'

'Veeg jíj de stoep?'

'Nou ja. Wie heeft er vorige week zout gestrooid toen het zo glad was?'

'Jij', troostte ik.

'Geen idee waarom ik eigenlijk op school heb gezeten. Wil je nog een kop koffie?' Hij pakte de theedoeken op.

'Ja graag. Bedankt. Nee, Stella,' beantwoordde ik een intern telefoontje, 'er is nog niets binnengekomen. Trouwens,' mijn stem klonk luchtig, 'wie is die vent met die gele schoenen die voor Koos komt? Wat komt hij doen?'

'Die met die ogen? Geen idee. Heb hem nooit eerder gezien. Ze hebben de deur dichtgedaan.'

Mijn maag draaide om. 'Eric, sorry, neem alsjeblieft over.' Ik vloog van mijn stoel en naar de wc, ging zitten en leunde met mijn hoofd tegen de koele tegels, maar door de geur van de luchtverfrisser voelde ik me nog beroerder. Ik liet mijn hoofd voorover tussen mijn knieën zakken en vocht tegen het misselijke, draaierige gevoel.

Ik was regelrecht met de baby naar de politie gegaan, hoewel later niemand me geloofde. Er hing daar een scherpe geur van ontsmettingsmiddel en de agent bij de balie was gehaast en jong en had niet geweten wat hij ermee aan moest. In de hoek stond een man te kotsen, hij hield zijn hoofd vast en kreunde, en er wachtte ook nog een echtpaar, verfomfaaid en vermoeid. Naast hen stootte een man een onafgebroken stroom van krachttermen uit. Aan de balie roffelde zo'n zakentype op het formicablad: 'Ik moet beslist de inspecteur spreken', klonk zijn stem boven het geroezemoes uit. 'Stuur in 's hemelsnaam iemand naar beneden', schreeuwde de agent door de telefoon.

'Wat bedoel je, er is niemand? Bezuinigingen. Ik weet alles van bezuinigingen, vertel mij wat. Verzin dan iemand!' En al die tijd krijste de baby in mijn armen hysterisch, slokte grote happen lucht naar binnen en schreeuwde ze er weer uit. De beurse plekken op zijn huid gingen van nijdig rood over in paars.

Het was echt geen plek waar je met een baby moest zijn, geen plek waar je hem kon troosten, en dus had ik hem mee naar huis genomen. Ik had de baby gewassen, afgedroogd en verschoond met wat ik kon improviseren, en al die tijd had hij gekrijst. Alleen de gebreide gele sokjes aan zijn voetjes zaten niet onder de kots. Ik hield de voetjes in de palm van mijn hand, zacht en warm onder de sokjes, en suste hem. Narcisgeel, de kleur van de lente en de hoop; en iemand had het zich aangetrokken. Ik voerde hem warme melk. Maar hij bleef krijsen. Ten slotte won het instinct en ik bood hem mijn tepel.

Dat werkte. Hij kalmeerde.

'Sst. Is hij niet schattig?' zei ik tegen David toen hij thuiskwam en de baby uitgeput slapend in mijn armen aantrof.

David had verbijsterd gekeken. Hij liet met een plof zijn tas vallen. 'Wat is dit nou weer?'

'Een baby.'

'Ik zie heus wel dat het een baby is. Maar wat doet die hier?'

Ik legde het uit, maar op zijn gezicht stond slechts ergernis te lezen.

'Ik kan mijn oren niet geloven', zei hij, en hij bleef op een afstand. 'Waarom moest je hem zo nodig meenemen, verdomme? Weer typisch jij, doen zonder denken en schijt aan de gevolgen. Dat komt door die tante van je.'

'Ik kon hem toch moeilijk daar laten. Ze zou hem weer slaan! En wat heeft tante Alice ermee te maken?'

'Het is die kruisvaardersmentaliteit van haar. Doen, doen, doen. Je moest eens weten hoe stom dat op andere mensen overkomt.'

'Wat? David, wat bezielt jou?' Ik kon gewoon niet geloven dat hij zo tegen me sprak.

Het kind bewoog en begon meteen weer te jammeren.

'Ieder weldenkend mens zou de politie gebeld hebben. O mijn God,' zei hij dramatisch, 'is het soms omdat ik gezegd heb dat je geen baby mag?'

'Doe niet zo stom!' zei ik. 'En ik ben wel naar de politie gegaan, maar dat was geen doen, dat is geen plek voor hem. Ze zouden hem misschien meteen weer teruggeven aan de moeder. Dit kind heeft een paar dagen rust nodig. Misschien kunnen wij hem hier houden, terwijl ze zijn vader zoeken of iemand van de familie. Er is vast iemand.'

'Je bent gestoord!' schreeuwde David, zijn gezicht paars aangelopen. 'Wat zullen onze vrienden wel niet zeggen? En hoe moet het met je werk?'

'O, David!' Ik was ten einde raad. De baby krijste weer. Vlug maakte ik mijn bloes open en stopte mijn tepel in zijn mondje, en hield hem daar tot de baby begon te sabbelen.

Ik glimlachte naar mijn echtgenoot. Maar die stond als versteend. 'Mijn God, wat pervers!' Hij draaide zich abrupt om en verliet de kamer, de deur met een klap dichtgooiend.

'David...!'

Hij geloofde niet dat ik het kind uit mezelf zou terugbrengen. Hij heeft me verraden.

Het was veel te warm in de wc. Ik pakte mijn trui vast en trok hem omhoog. Hij bleef haken aan een knoopje van mijn bloes. Ik rukte nog harder en trok hem kapot in mijn haast om hem uit te trekken en het zweet te stoppen dat uitbrak over mijn hele lijf. Ik maakte mijn shirt los en boog weer voorover en wachtte tot de tegels weer koel aanvoelden en ik begon te rillen.

Ze hadden me kidnappen ten laste gelegd.

Ik moet Koos' bezoeker gemist hebben toen ik boeken aan het inpakken was of pillen was gaan halen voor mijn koppijn, of voor Paul met de reisplanner de treinen naar Assen aan het uitzoeken was. Precies om 17.30 uur zette ik de telefoon over op het antwoordapparaat en ging mijn jas halen. 'Dag Eric', riep ik, vrolijk.

'Gaat het weer?' vroeg Eric, en hij kwam het even controleren.

'Ja hoor,' zei ik, 'dank je.' Ik pakte mijn bloemen uit de vaas en wikkelde onder zijn toeziend oog de druipende stelen in een krant.

'Nou, veel plezier dan vanavond', zei hij vol twijfel.

'Zal wel lukken. Bedankt.'

Toen ik thuiskwam, belde ik aan bij Oliver. Ik zou hem vertellen dat het mijn verjaardag was. Dit jaar had ik behoefte aan zijn gezelschap. Ik wilde niet alleen zijn. Ik moest de stop op mijn herinneringen houden.

Oliver was er niet.

Ik liep de trap op, schikte de beeldige bloemen in een vaas

en zette die naast mijn bed, zonder mijn jas uit te trekken. Misschien moest ik er toch maar op uit gaan, iets speciaals te eten halen en deze verjaardag vieren ondanks alles? 'Welaan dan, eet uw brood met vreugde. Drink uw wijn met een vrolijk hart.' Ik kende inmiddels heel wat verzen uit Prediker uit mijn hoofd. De Spaanse winkel was misschien nog wel open. Mijn ogen traanden van de koude wind. Ik duwde de deur open. De winkelier was achter en speelde op zijn saxofoon; hij knikte even naar me en spon de noten breed uit, blij met enig gehoor, terwijl ik rondsnuffelde langs de planken, op zoek naar iets speciaals.

Maar nu ik hier eenmaal was, kon ik niet besluiten. Niets wat ik zag lokte me; ik had geen honger. Woedend op mezelf pakte ik een pot dolma's. Een blikje sardines. Een vreemd partijtje, dacht ik, maar het waren twee van mijn favorieten. Als Oliver thuis was, konden we misschien nog naar de Italiaan op de hoek gaan; dan zou ik trakteren.

Oliver was er nog steeds niet.

Ik liep naar boven, deed het licht niet aan, draaide de grote bolle petroleumkachel hoog op en maakte de pot dolma's open.

Ik liet hem staan. Onverschillig. Ik stond bij het raam en keek naar buiten. Geveltoppen, huizen, ramen, lichten aan en gordijnen argeloos open, mensen die rondliepen, of zaten. Kale boomtoppen zwiepten in de wind, en daarboven hing de grote nachthemel. 'Want voor al wie tot de levenden behoort, is er hoop.' Je bent veilig, veilig, je bent veilig, zei ik tegen mezelf.

Ik had schuld bekend.

Ik was de gevangenis ingedraaid. Twee jaar. Minimumeis.

Volgens de letter van de wet was het kidnappen. 'Geen schuld bekennen', had de advocaat aangedrongen. 'Praat nog een keer met de psychiater', raadde hij met klem. 'We kunnen er een sterke zaak van maken.'

'Hoe kan ik dat nou?' had ik geantwoord. 'Begrijpt u het dan niet? Ik heb het gedaan. Ik bén schuldig. En ik zou het weer doen. Dat kan ik niet ontkennen.' Ik was bang voor wat komen ging, en deed mijn best om mijn stem onder controle te houden. Hij zuchtte. 'Waarom maak je het jezelf zo moeilijk?'

'Ze had het recht niet.' Ik hief mijn kin.

'Ze was zijn moeder.'

'Dat weet ik.' Een twee drie pets pets. Ik hoorde het weer en zag het voor me. 'Het gebeurde in het openbaar, op straat. God mag weten wat ze thuis wel niet met hem uithaalde!'

Het gezicht van de advocaat vertrok. 'De moeder staat niet terecht. Jij wel.'

Ik had geen spijt.

Ik had nog steeds geen spijt. Mijn bedoelingen waren zuiver geweest. Maar omdat ik schuld had bekend, moest ik veroordeeld worden. De rechter was de enige die mijn motieven zonder vragen accepteerde. Daarmee bevestigde hij dat ik volledig bij mijn verstand was en dus verantwoordelijk voor mijn daden. Maar daarin stond hij volkomen alleen. En ik ging de gevangenis in.

Ik liep bij het raam vandaan en draaide de kachel laag. Ik draaide de deksel weer op de pot dolma's om te voorkomen dat kakkerlakken en ratten zich eraan te goed zouden doen.

Op een vreselijke dag had één kakkerlak zijn glimmende makkers achtergelaten op de vlekkerige betonnen vloer van mijn gevangeniscel en was op mijn voet afgekomen. Ik bewoog niet. Zijn voelsprieten trilden bij de punt van mijn schoen. Hij klom op de schoen en zocht zijn weg omhoog langs mijn been. Ik was doodstil blijven staan en liet hem begaan. In mijn toestand van verloedering had ik het gore beest niet weggemept.

Dat was de ergste tijd, de tijd van twijfel. Wat als iedereen behalve de rechter nu eens gelijk had waar het mij betrof.

Nooit heb ik meer een kakkerlak over mijn huid laten kruipen, of enig ander ongedierte me laten aanraken. Van het eten dat ze door de deur naar binnen schoven, gooide ik wat ik niet door mijn keel kon krijgen, door de tralies van het hoge raam naar buiten in plaats van het op mijn bord te laten liggen tot ze het kwamen halen. Ik leerde nog meer dingen, zoals mijn haar strak naar achter gebonden houden uit mijn gezicht, zelfs 's nachts, zodat ik het niet vettig langs mijn huid voelde slieren; en het opsparen van de slappe koffiedrek om mezelf stukje bij beetje te wassen, wanneer we wegens personeelstekort onze cel niet uitkwamen.

David was vol wroeging geweest en kwam me trouw opzoeken. Catherine en Lydia zeiden dat ze zouden komen, maar waren niet geweest. Alleen David. Ik verzon excuses voor mijn vrienden. Ze hadden het vast te druk, het kwam niet gelegen. En deprimerend was het zeker.

David zei dat het zijn schuld was. 'Als we zelf kinderen hadden gehad,' zei hij, 'dan was dit niet gebeurd.' Hij bleek zelfs zijn sperma te hebben laten controleren op levende zaadcellen ter voorbereiding op onze geplande toekomstige zwangerschap.

'Ik had de dokter moeten bellen', zei hij. Hij begreep al even weinig van mijn motieven als mijn medegevangenen. Hij werd meer beïnvloed door wat de mensen dachten dan door de goede jaren die we samen hadden gehad.

Toch was hij alles wat ik had. Hij kwam één keer per week, trouw. Mijn echtgenoot. Ik klampte me vast aan zijn bezoeken. Ik verdrong wat gebeurd was. Wanneer ik vrijkwam zouden we elkaar echt kunnen vasthouden, onze lichamen dicht bijeen, en mettertijd zou hij het begrijpen. Wanneer ik vrijkwam, zouden we weer aan elkaar wennen en ja, we zouden buiten gaan wonen en een gezin stichten. Ik geloofde in zijn plannen. We zouden opnieuw beginnen. Ach.

Toen ik uit de gevangenis kwam, zei hij dat hij niet meer van me hield. Er was iemand anders. Al zes maanden.

Ik trok mijn trui uit, deed mijn maillot uit en modderde met de knoopjes van mijn jurk. Ik greep naar een T-shirt en trok het aan, sloeg het dek open en zocht mijn toevlucht eronder. Ineengedoken, en helemaal opgerold tot een bal wiegde ik mezelf tot ik werd opgeslokt door golven slaap.

7

Twee moeders met hoofddoeken om en jassen tot op de grond stonden bij elkaar op de kinderspeelplaats en keken hoe hun kinderen slingerden aan het klimrek voordat de school begon.

'Goedemorgen.'

Ze glimlachten verlegen naar me.

Nog geen twee meter verderop zat een grote hond gehurkt.

'Ksst!' siste ik en ik klapte met mijn handen.

Hij legde zijn oren in zijn nek en zijn ogen rolden, maar bewegen deed hij niet. Ik stampvoette, klapte nog eens in mijn handen. 'Weg jij!'

Een vrouw van middelbare leeftijd die in de etalage van een tweedehands boekwinkel stond te turen, draaide zich om. 'Laat mijn hond met rust!' schreeuwde ze in plat Amsterdams. 'Wat zou je ervan zeggen als ik zo tegen jou deed?'

'Is het uw hond?' vroeg ik. 'Waarom let u niet behoorlijk op hem? Dit is een kinderspeelplaats.'

De hond, zag ik vanuit mijn ooghoek, sloop steels weg van zijn drol. 'Eigenlijk moet u dat opruimen.'

'Bemoei je met je eigen klerezooi!' schreeuwde ze.

De Marokkaanse moeders keken angstig. De vrouw kwam bijna spugend op me af. Ik deed een stap achteruit, zij volgde. Als dat haar hond geen kwaad deed, en dat het de taak was van die verrekte gemeentelui om de stoep schoon te houden, daar betaalde ze tenslotte belasting voor en wat had ik verdomme mijn neus te steken in zaken die me niets aangingen?

Even bekroop me de angst dat ze een mes achter haar rug had. Ik maakte me zo onopvallend mogelijk uit de voeten.

'Debiel!' schreeuwde ze me na. 'Kutwijf.'

De hond stond bij de rand van de stoep. Hij leek zelfs met enige sympathie naar me te kijken.

'Grrr!' gromde ik naar hem.

Hij blafte en kwispelde met zijn staart.

De routine van kantoor drong het voorval naar de achtergrond, Dirk gaf me nog een manuscript te lezen, en tegen twaalven was de rust weergekeerd.

'Heb je zin om mee te gaan lunchen?' vroeg ik aan Marius. 'Een verlate verjaarslunch?'

Hij keek op zijn horloge. 'Ik zou heel graag meegaan, dat weet je, maar ik heb nog hooguit een half uur voor een vergadering. Wat dacht je van morgen?'

Ik ging in mijn eentje naar Duecento.

Het deed er niet toe.

Ik trakteerde mezelf op een kom kruidige tomatensoep en verdiepte me in het manuscript.

Onder het gelui van klokken stapte ik later de tintelende, blauwe lucht in.

Ik liet mijn fiets staan waar hij stond, met een ketting aan de brug, en liep al luisterend langzaam in de richting van de Zuiderkerk. Muziek kwam aangewaaid vanaf de kerk waar de beiaardier boven in de toren met zijn vuisten het houten stokkenklavier bespeelde. De klanken van een Bachfuga dansten de stoep op naar voordeuren, tokkelden tegen glimmende, geblindeerde ruiten, zwollen aan over het ijs op het water. Beneden mij op de bevroren gracht zwierde en draaide een solitaire schaatser op de maat van de muziek, contrapuntisch raspten zijn schaatsen over het ijs. Geen auto passeerde me, geen fietsen, niemand te voet. We waren alleen, de schaatser in de zonneschijn en ik, de toeschouwer, en de tijd stond stil. Klokklanken van het carillon en schaatsen waren er in deze stad geweest lang voor ik er kwam, en zouden er nog zijn lang nadat ik er verdwenen was. De klanken klaterden naar buiten, nu, en met dezelfde zuiverheid zouden ze klinken wanneer ik er niet meer was. Door de muziek, de gratie van de schaatser en het knerpen van het ijs was ik opgenomen in een tijdloos geheel.

Opgetogen liep ik terug naar mijn fiets, liet het beeld zoals het was, volmaakt. Door de huizen die zich tussen mij en de klanken aaneenregen, werden ze geleidelijk gedempt, en toen ik bij de straat kwam die naar de bibliotheek leidde, werden ze helemaal overstemd door het verkeer.

Vroeger had ik het bezit van boeken als vanzelfsprekend beschouwd. Nou ja, ik heb nog wel eigen boeken, een paar van Dickens, de bijbel, wat verfomfaaide kinderboeken, en ook Nederlandse boeken van Classis, allicht; die Nederlandse boeken als onderdeel van mijn actie om snel en zo anoniem mogelijk op te gaan in de Nederlandse samenleving – maar ik geef ze zo weg als iemand ze te leen vraagt. In de bibliotheek slenterde ik dromerig langs de metalen boekenrekken op weg naar de afdeling Engelse fictie, maar ik werd afgeleid door poëzie.

Wonder boven wonder was er ook in de gevangenisbibliotheek poëzie geweest. Er werd van ons verwacht dat we in de recreatieruimte met elkaar optrokken, maar daar men mij meed, en omdat ik bang was, ging ik altijd naar de bibliotheek waar bijna niemand kwam en zocht daar mijn heil. De gevangenbewaarster die me gered had, was een soort beschermvrouwe geworden en had me er een baantje bezorgd. Wanneer we uit onze cel mochten, wel te verstaan, en dat was niet vaak. Aanvankelijk was ik bang dat ze me er iets voor zou terugvragen; dat heeft ze nooit gedaan.

Een vrouw uit een van de woningen aan de overkant zat gehurkt op de stoep. Met een verfkwast trok ze een spoor van grote grillige letters.

Ik boog me over haar heen en las: GEEN HONDENPOEP OP DE STOEP. JE HOND KAN DIT NIET LEZEN! MAAR JIJ WEL! Niet bepaald een boodschap die je kon misverstaan.

'Ik zag vanmorgen uit mijn raam', zei ze, 'hoe je die vrouw met haar hond op haar nummer zette. Er zijn er tegenwoordig te veel van dat soort. Om dol van te worden.'

'Ik dacht dat ik de enige was die zich daarover opwond. Ik hou zelfs van honden.'

Ze snoof en lachte, liep naar binnen en gooide de deur met een klap dicht.

Er stonden heel wat mensen bij de bakker op hun beurt te wachten en het duurde even, hoewel de bakker en zijn vrouw allebei achter de toonbank stonden. Zij had haar handen vol aan een klant die jonge kaas wilde, gesneden, oude kaas, gesneden, broodjes met sesamzaad, broodjes met maanzaad, allemaal bruin, een half grof Zeeuws brood, gesneden, een half gewoon volkoren, gesneden, en ondertussen zei ze tegen haar zoontje dat hij niet moest zeuren om chocola. De bakker nam de rest van de klanten voor zijn rekening, pakte melk, yoghurt, pakken koffie enzovoort.

'Het moest niet mogen', zei de haarborstelende buurvrouw, haar lippen zenuwachtig in een streep omdat ze zomaar iets in het openbaar zei. 'Dat soort mensen zorgt altijd voor problemen. Ze zijn lawaaierig. Ze hebben geen manieren.'

Ik liep naar de koeling voor een fles melk. Nog meer steun voor mijn project, dacht ik, mooi. Ik vroeg me af of ik ook een duit in het zakje zou doen.

'De straten zijn smerig en overal ligt troep', mopperde de oude man naast me, tegen niemand in het bijzonder, een meubelmaker uit een souterrain twee huizen verderop. 'En het kabaal dat ze maken! Kan me niet schelen wat ze zeggen, maar het is tuig.'

Honden? Hondenbezitters? 'Wat is tuig?' vroeg ik, om zeker te zijn.

'Buitenlanders', snoof hij.

Ik wierp een blik naar de bakker. Een Libanees. Hij glimlachte nog steeds opgewekt. Het eufemisme voor iedere gekleurde niet-Europeaan was buitenlander, maar daar ik zelf ook een buitenlander was en ook nog een soort vluchtelingimmigrant, identificeerde ik me met alle immigranten.

'Hier', de bakkersvrouw gaf haar zoontje een reep chocola. 'En nu naar buiten. Hup!'

'Die lui in de koffieshop,' weidde de meubelmaker uit, 'met hun drugs en hun geweld. Je kunt 's nachts gewoon niet meer over straat. Ze zouden ze moeten opsluiten.'

'Meent u...' zei de bakker met enige aarzeling.

'Als ik de stad in ga, neem ik een ijzeren staaf mee achter in de auto, voor het geval dat.' 'Een volkoren met sesam', bestelde hij. Er hing een dauwdruppel aan zijn neus. 'Gesneden.'

Het brood trilde door de snijmachine.

Het zweet stond me in mijn handen. 'Heel verstandig,' zei ik, 'sla ze buiten westen voor ze je kunnen aanvallen. En sluit ze dan op. Geweldig idee.'

De bakker keek me aan, verbaasd, terwijl hij het gesneden brood in een plastic zak liet glijden, een zweem van een glimlach speelde over zijn gezicht.

'Dat is alles, dank u.' Ik gaf hem het geld voor de melk. Er rolde een munt op de grond en ik dook ernaar.

'Tuig,' zei de meubelmaker boven mijn hoofd, 'dat is het, tuig. Je had deze straat eens moeten zien toen ik nog een jochie was. Hij is wel veranderd.'

'Dat is-ie inderdaad,' ik legde de munt op de toonbank en kapte hem verbeten af, 'met die afschuwelijke nieuwe appartementen op de hoek. Dat beton en die oranje verf en die felle lichten 's avonds in het donker. Geef mij maar de levendigheid van de koffieshop.'

Mijn opmerking werd met stilte ontvangen.

Toen we tegelijk de winkel uitstapten, maakte de meubelmaker een pakje sigaretten open en gooide het cellofaantje op de grond.

Ik raapte het op. 'Hier,' ik overhandigde hem het papiertje, 'ik meen dat dit van u is.'

Hij greep het beet en gooide het in een vuilnisbak vlakbij.

Maar toen ik op de overloop João passeerde, die net zijn flat uitkwam, en hem mijn beklag deed over de conversatie bij de bakker, vertelde hij dat er die nacht vanuit een rijdende auto op de koffieshop was geschoten. Miriam had het hem verteld toen hij kwam studeren. Rond twee uur in de morgen had ze naar buiten gekeken maar niemand gezien op straat. Ik was door de herrie heen geslapen. 'Dan nog, zij waren het niet die geschoten hebben', merkte ik op. 'Is het hun schuld soms, dat er een afpersersbende opereert?'

'Alice, er had iemand gedood kunnen worden.'

'Dat is niet gebeurd. Het was diep in de nacht. Er was niemand.'

'En waar denk jij dat hun glimmende Mercedessen en hun gouden armbanden vandaan komen? Ik snap niet hoe je zo naïef kunt zijn', zei hij.

Dat snoerde me de mond.

8

Die morgen was de temperatuur weer flink gedaald. Ik pakte mijn warmste jas maar weer, die met konijnenbont van binnen, zocht in mijn zakken naar mijn handschoenen en voelde papier. Ik haalde het eruit. Het afhaalpapiertje voor het pakje!

Na mijn werk ging ik nogmaals naar het postkantoor en sloot aan in de rij. Er zat maar één beambte op zijn post, en die maakte geen haast om de rij weg te werken. Er was een rek met overheidsfolders over aids, roken, AOW, vissen en kijk- en luistergelden. Ik pakte er een over drankmisbruik en las die helemaal uit, en staarde toen wezenloos naar de man voor me. Het haar in zijn nek lag in keurige krullen. Ik stelde me voor dat ik er een rond mijn pink wond en weer losliet, en keek hoe hij netjes in de krul terugviel. Er lagen wat losse haren op de kraag. Donker haar op een zachte wollen winterjas.

Ik gaf mezelf een mentaal zetje en keek de andere kant op. Mijn beurt. De beambte pakte het verfrommelde papiertje dat ik hem aanreikte, keek ernaar en schoof het naar me terug. 'Tekenen', zei hij, voor hij me mijn pakje overhandigde. Ik pakte het behoedzaam aan. Het was helemaal niet uit Londen, maar van de London Book Club, een nieuwe, internationale club, zoals het adres mij tot mijn grote opluchting meedeelde.

De deuren naar de hal schoven open toen ik, het pakje bestuderend, naderde. Ik was, naar het meldde, een van de gelukkigen die waren uitgekozen om hun introductieaanbod te ontvangen.

Ik lachte opgelucht.

De man in de winterjas kwam net bij de pinautomaat vandaan, ik hield even mijn pas in, liet hem voor me naar buiten gaan. Hij draaide zich om.

Het was hem wel. Ik had mezelf gewoon voor de gek gehouden dat hij het niet was. Ik greep naast de opening van mijn fietstas en het pakje viel op de stoep. Hij bukte en raapte het voor me op, keek even naar het pakje en vervolgens met een glimlach naar mij. Zenuwachtig stopte ik het in mijn fietstas. Ik kreeg mijn slot zowaar in één keer open en fietste weg, naar het einde van de gracht en de bocht om. Daar stopte ik en leunde tegen de bakstenen gevel van een huis. Dezelfde man.

Ik had gehuild, die eerste nacht dat ik David verlaten had, alleen in een haveloze hotelkamer waar het raam klemde en waar alleen door een kier bovenaan wat lucht binnenkwam. 's Morgens had ik mijn ogen en de rest van mijn gezicht in ijskoud water gedompeld, en daarna had ik me met zorg gekleed en was door het Londense verkeer naar het reclamebureau gewandeld waar ik vóór mijn gevangenisstraf gewerkt had. Ik leefde helemaal op toen ik het gebouw binnenstapte en lelies rook bij de deur. Dat was mijn idee geweest, zoetgeurende bloemen bij de ingang om onze cliënten te verwelkomen.

'Goedemorgen', zei ik tegen het meisje achter het bureau. 'Is Swanny ziek?'

'Swanny?' vroeg ze.

'De receptioniste.'

'Ik ken geen Swanny. Ik ben Samantha. Ik werk hier nu bijna een jaar.'

'O. Is Bill Swinson er?'

'Ja.' Ze pakte de telefoon op. 'Wie kan ik zeggen?'

'Joanna Geddes. Maar laat maar. Ik ga zelf wel naar binnen.' Ik kneep in een lelieblaadje op de goede afloop, en liep door de hal naar de blauwe deur die, als gewoonlijk, openstond. 'Hallo, Bill.'

Even meende ik iets van verwarring te bespeuren toen hij opkeek. 'Joanna. Hoi.' Als het al zo was, dan herstelde hij zich snel. Hij kwam op me af en gaf me een zoen. 'Hoe is het met je?'

'Eh... goed. Goed.'

'Het speet me te horen dat... wil je koffie?' Bedrijvig schonk hij in uit de zilveren koffiekan. Als hij er niets over zei, zou ik ook niets zeggen.

'Ja. Maar ik ben nu weer vrij. Ik vroeg me af, mijn oude baan. Is die bezet?'

'Ja, dat is hij.' Een korte stilte. 'Suiker? Ik ben 't vergeten.' Ik schudde van nee.

'Een jonge vent heeft hem overgenomen toen jij... eh...

Slim joch, wacht, ik roep hem even. Je vindt hem vast aardig.'
Zijn ogen waren op alles gericht behalve op mij. Mijn slapen begonnen te kloppen. Zijn hand hing boven de telefoon maar hij pakte hem niet op. 'Hij doet het prima, werkelijk prima. Het Teze-account is nu een van onze belangrijkste.' Dat was een van mijn accounts geweest. 'Hij heeft ook Sebolina's binnengehaald. Herinner je je Sebolina's?'

Ik knikte. Natuurlijk herinnerde ik me die. Niet hij, maar ik had die vlak voor die tijd binnengehaald.

'De zaken nemen een hoge vlucht. Jong talent, jong talent, snap je.'

Ik was jong talent geweest. 'Is er een andere vacature? Ik zou heel graag willen terugkomen.' Het klonk als een smeekbede, en ik wou dat het dat niet was.

'Het bedrijf is afgeslankt, Joanna, afgeslankt en verjongd. Niet veel tijd meer voor mensen zoals wij. Zelfs ik ben binnenkort te oud voor deze post.' Zijn mondhoeken krulden precies op het juiste moment omhoog, maar ik lachte niet met hem mee.

'Je bent negenentwintig, Bill.' Net zo oud als ik.

'Inderdaad.' Monter ging hij verder. 'Het draait allemaal om imago, Joanna, dat is het. Imago. We hebben drie accountmanagers, alle drie jong, perfect geschikt. De zaken gaan verder. Je zou Elsin's kunnen proberen, lijkt me; ik hoor dat ze aan het uitbreiden zijn. Een ander profiel. En verder, hoe staat het leven, Joanna? Je ziet er goed uit, moet ik zeggen. Gevangeniskost is kennelijk niet zo slecht als de kranten ons willen doen geloven.'

Ik stond op. De koffie was toch te heet om te drinken.

Hij bleef zitten. 'Leuk je weer gezien te hebben. Dank voor je bezoekje. En veel succes. Bel me, wanneer je een beetje op orde bent, dan drinken we een drankje, oké?'

9

Net toen ik water in de theepot schonk, hoorde ik een vertrouwd gekrabbel aan het raam en daar had je Pavarotti die vanuit de goot naar mij mauwde. 'Vooruit dan maar.' Ik liet hem binnen, pakte mijn beker en mijn bord en ging terug naar bed voor mijn ontbijt; Pavarotti huppelde vrolijk mee, en vertelde honderduit op luide toon. 'Nee, jij krijgt niets,' zei ik tegen hem, 'en ik weet nog niet hoelang je mag blijven. Ik wil de tafel verven en dan kan ik die haren van jou niet gebruiken.' Hij geeuwde en plofte op het dons, om zich vervolgens op zijn gemak te gaan wassen en poetsen. En ik ging genieten van mijn ontbijt op bed, mijn weekendtraktatie. Tegen de tijd dat ik echt uit bed kwam, zou de kamer heerlijk zijn opgewarmd door de kachel.

Ik pakte Pavarotti op van het bed en zette hem het raam uit, schuurde het groene tafelblad en verfde het in plaats daarvan een warm donkerrood, terwijl ik luisterde naar een praatprogramma. Het was rustgevend werk: de radio naast me aan, en de klieders verf die zachtjes op het hout platsten, en mijn gedachten die dwaalden, van het manuscript dat ik aan het lezen was, naar boeken, naar de populaire roman in het pakje. Naar de glimlach van de man buiten bij het postkantoor. Ik kreeg een tintelend gevoel.

Mijn maag draaide om en ik moest slikken. Ik zette de radio harder en maakte gauw de tafel af. Zo snel als ik kon kleedde ik me aan en fietste de stad in, langs de rivier, zette mijn fiets vast bij café Gabo en ging naar binnen, notitieblok onder de arm, om mijn laatste aantekeningen in een leesrapport bij te werken. Dat houdt me in het heden en geeft me richting.

Handgeschreven kartonnen menukaarten sierden alle tafels en maakten reclame voor de echte, ouderwetse erwtensoep van het café. Er kwam een vrouw binnen met een kind. Ze haalde de fopspeen uit zijn mond en stopte er de speen van een fles in, maar hij wurmde heen en weer en wilde kennelijk niet meer drinken dan een paar slokken, dus haalde ze de speen er weer uit en gaf hem de menukaart om op te sabbelen, terwijl zij de dikke soep oplepelde die ze besteld had. De glazen deur vloog open, en liet een koude windvlaag binnen. Ik hield op met schrijven en keek naar een bruiloft die kwam binnendruppelen, alle leeftijden, sommigen in spijkerbroek, anderen in pak, en in hun midden het gelukkige paar. Zij had een bos bloemen vast; om zijn nek hing een peuter. Er werden tafels tegen elkaar geschoven en stoelen eromheen gezet in een grote kring. Toen ze allemaal zaten, nam de ober de bestelling van koffie en taart op. De bruid verschoof op haar stoel en fluisterde tegen haar buurvrouw die terugfluisterde, toen heerste er weer stilte, op de zachte achtergrondklanken van Schumann na. Een man hield een korte toespraak waar men opgelucht voor klapte. Toen hij zweeg, nam een ander het over, en toen weer een ander, maar het gezelschap splitste zich niet op in kleinere groepjes en het geheel was niet erg geanimeerd.

Er kwam een forse man binnen, in de vijftig, goedgekleed. Hij legde een aktetas voor zich op de tafel naast de mijne, ging zitten en keek om zich heen met een blik vol zelfvertrouwen. Mijn pen hing in de lucht terwijl ik keek. Geen ober die naar hem toe kwam. Het was eerder alsof ze met een boog om hem heen liepen. Ik wendde mijn blik af, maar niet snel genoeg. 'Neemt u me niet kwalijk, we hebben elkaar toch ontmoet, is het niet?' vroeg hij in het Engels.

'Nee.'

'O.' Hij zweeg. 'Danseres?' vroeg hij vervolgens.

'Hoezo?'

Hij schudde zijn haar van zijn voorhoofd. 'O, een zeker je-ne-sais-quoi. U bent slank en hebt de houding van een danseres, begrijpt u, daaraan zie ik het.'

Ik ging meteen meer rechtop zitten.

Hij stond op van zijn tafel en kwam naar de mijne, trok een stoel tegenover me achteruit en ging zitten. 'Mag ik?'

'Nou-eh.' Het was te laat om te protesteren.

'Hoelang woont u hier al?' hoorde hij me uit.

'Vijf jaar', loog ik.

'Of u bent Engels, of u spreekt vloeiend Engels.' Hij keek me dreigend aan, even doordringend als een slang op het punt om aan te vallen. 'Nagezeten door Hare Majesteits regering?'

'Wat?' Hoe wist hij iets over mij?

Hij leunde over de tafel. 'U moet oppassen. Ze spelen onder één hoedje met de Nederlandse regering, weet u. Ik heb vrienden in India die paranormaal begaafd zijn. Zal ik u eens vertellen wat die erover zeggen?'

Ik ontspande. Hij wist niets.

'Ober!' riep hij plotseling.

De ober vermeed in zijn richting te kijken.

'U woont hier vijf jaar, zegt u?' klonk zijn vraag, zijn aandacht weer op mij gevestigd. 'Vreselijk land. Ze zeggen me niet hoe laat het is, spreken niet met me.'

'Waarom blijft u dan?' vroeg ik.

'Geen keus', grauwde hij.

Achter hem was de ober naderbij gekomen, hij gebaarde of ik gered wilde worden. Ik schudde mijn hoofd, maar wel zo zachtjes dat de man het niet merken zou.

'Ik heb bij de MI5 gezeten, ziet u, en nu houden ze me in de gaten, dag en nacht.'

'U kunt ze toch wel af en toe ontlopen', hield ik vol.

'Ha!' Hij sloeg met zijn hand op tafel, ik schrok. 'Ik krijg de kans niet. Ik weet te veel en nu zijn ze bang voor me. Ze hebben mijn paspoort ingenomen.' Zijn oog viel op mijn koekje dat ik op tafel had laten liggen. 'Wilt u dat niet?'

Ik schudde van nee. 'Ga uw gang.'

'Dank u, graag.' Het verdween in zijn jaszak.

'U bedoelt dat ze bij de politie uw paspoort hebben ingenomen?'

'Nee.' Hij lachte smalend naar me. 'Ze gaan heel wat sluwer te werk. Ze komen in het holst van de nacht.'

'Hebt u ze gezien?'

'Natuurlijk niet. Ik sliep. Zo!' Hij sloeg nogmaals op de tafel en kwam overeind. 'Er moet weer gewerkt worden. Het was leuk om u weer te ontmoeten.' Hij boog voorover, zijn mond bij mijn oor. 'Pas goed op,' waarschuwde hij, 'de Nederlanders zijn overal.' Hij richtte zich weer op. 'Goedendag', zei hij luchtig, hij knikte vriendelijk naar de ober en beende de deur uit.

In een opperbest humeur betaalde ik voor mijn koffie en vertrok eveneens, pikte mijn fiets op en karde weg, over de tramrails richting Amstel. Rode lichten knipperden en de slagboom zwaaide naar beneden.

Ik stapte af, de houten brug spleet in tweeën en de helften scharnierden de lucht in. Ik reed mijn fiets naar de reling aan de zijkant om te kijken. Ik kreeg er nooit genoeg van, hoe vaak ik het ook zag.

De brug bleef omhooggaan. De twee helften stonden tegen de lucht afgetekend op wacht en onttrokken de andere oever aan mijn ogen. Ik meende een flits geel te zien. Op schoenhoogte aan de overzijde. Een schuit tuftufte door de opening en ik stond doodstil, niet zichtbaar voor de overkant; ik keek hoe hij zich een weg baande door het afbrokkelende ijs onder de brug en daarna de rivier op, ik concentreerde me op die schuit, niet op de brug, niet op wat ik meende gezien te hebben.

Ik hoopte dat ik niet net zo paranoïde aan het worden was als die man in het café.

De schuit lag door zijn grindlading zo diep dat het een wonder was dat hij nog dreef. Hij voer naar de overkant en lag dwars op de rivier en versperde die, de schroef sloeg door het water.

Ik wilde plotseling weg, keerde mijn fiets en ging in de richting vanwaar ik gekomen was, helemaal voorovergebogen over mijn stuur, voordat de brug naar beneden zou gaan en ik daar zichtbaar zou zijn; ik sloeg af, de drukke Reguliersbreestraat in en stopte pas toen ik bij de Vlaamse frietkraam was, veiliger nu, te midden van de mensenmassa.

'Een pinteke,' bestelde ik, 'met sambal, een klein beetje'.

Ik pakte de frieten aan en at met mijn vingers, hoofd nog steeds gebogen, helemaal in de ban van schoenen. Overal uitgespuugde kauwgom, als oude, grijze munten platgetrapt op de keien. Ik voelde me belachelijk. Waarom was ik gevlucht? Het was absurd. Of ik maakte mezelf wat wijs, of ik zag hem echt. En in het laatste geval, wat was er zo vreemd aan om dezelfde man een paar keer te zien in al die dagen? Het was waarschijnlijk zoiets als een nieuw woord dat je leert en dan gedurende enige tijd tegenkomt in alles wat je leest.

Ik schudde de laatste frietjes uit het zakje, frommelde het in elkaar en mikte het in de afvalbak. Ik likte het zout en de sambal van mijn vingers, geeuwde, gerustgesteld door mijn redenaties, en trok ondertussen mijn handschoenen weer aan.

Ik liet mezelf op bed vallen, sloot mijn ogen en dommelde weg, doezelig door de middagzon en de dreun van de muziek bij Wim en Maria beneden.

Ik schoot wakker. Een man stond in het licht tussen mij en het raam.

Ik krabbelde overeind en stak heel nuchter mijn hand uit. 'Alice Lee.'

'Sam', antwoordde hij luid en duidelijk; hij schudde mijn hand en stelde zichzelf even werktuiglijk voor als ik had gedaan, zijn ogen vol verbazing.

Ik ging met een plof weer zitten, op mijn hoede en met een tintelend gevoel, boos op mezelf over mijn gedrag. 'Wat doet u hier?' Mijn stem trilde bij het 'hier' toen ineens de angst me bekroop. Het was wat laat om te gaan gillen.

'Niets, niets.' De stem van de indringer klonk schor. Hij kwam bij het raam vandaan en ik zag dat hij slungelig was, jong en zwart. Hij hield zijn handpalmen open als een gebaar van overgave. 'De benedendeur stond open en jouw deur was niet op slot. Ik dacht dat hier een vriend van me woonde. Ik heb me vergist.'

'O!'

'Rustig maar.' Hij maakte een buiging en liep de kamer uit, zachtjes trok hij de deur achter zich dicht.

Ik luisterde hoe zijn voetstappen de tachtig treden afrenden naar de voordeur, hoorde die opengaan en weer dicht. Als ik in staat was mezelf zo mechanisch voor te stellen aan een wildvreemde in mijn kamer, dan was ik kennelijk Nederlandser aan het worden dan ik voor mogelijk had gehouden. Ik lachte tot ik in tranen was, van pret of opluchting, dat wist ik eigenlijk niet. Je hoorde van die verhalen.

Ik liep naar de kast en schonk mezelf een whisky in en sloeg die achterover, vloog vervolgens naar het raam, deed het open en keek naar beneden, maar behalve een stel kinderen dat daar aan het spelen was, viel er niemand te bekennen, alleen Pavarotti een eind verderop in de goot, die, toen hij me zag, zijn oren spitste en kwam aangetrippeld. Vlug deed ik het raam voor zijn neus dicht en keerde me om en keek rond. Er was niets weg, voorzover ik kon zien. Ik zette een bandje uit de bibliotheek op en liep door de kamer, liet mijn handen over de dingen gaan, de Staffordshire porseleinen hond met zijn lelijke mopshondensnuit en de gouden ketting om zijn nek. Het was alles wat ik uit het verleden meegenomen had. De mooie kop en schotel die ik hier eens op Koninginnedag op de kop had getikt, het schilderij met wijn en meloen. Niets was van zijn plaats of verdwenen. Behalve de hond had ik trouwens niets van waarde. Knetter, dat ik hem een hand had gegeven. Het zotte was dat ik dat lijf van hem best leuk had gevonden. Door hem voelde ik me ineens eenzaam.

Er zat niet veel petroleum meer in de kachel, dus pakte ik het plastic vat en ging ermee naar de olieboer op de hoek om het te laten vullen, een karwei waar ik niet echt dol op was want het ding was loodzwaar als het vol zat. Er waren niet veel mensen meer met oliekachels, vertelde de man van de winkel me elke keer weer. Ik was er een van een uitstervend soort. Ook geen televisie, had ik hem ooit verteld, tot zijn stomme verbazing. Het liefst had ik ook geen telefoon gehad, ook al ging het ding niet bepaald vaak. Ik vroeg of ik de olie even bij hem mocht laten staan, en ging gauw naar de markt, voor de kooplui hun waar zouden inpakken, laadde mijn tas vol met perssinaasappels, bananen en mango's, koriander, prei, aardappelen, worteltjes en kippenlevertjes. Nog even langs de Spaanse winkel voor een blikje ansjovis en tomaten en een stukje feta. Toen de petroleum opgehaald en naar huis, waar ik twee keer moest sjouwen voor alles boven was.

Die nacht droomde ik sinds lange tijd van het slaan van metalen deuren, een voor een, steeds dichterbij, en buiten luid de voetstappen van een gevangenbewaarster, gevangenen die door de lange gang op mij afkwamen, terwijl ik wachtte op het onvermijdelijke moment dat ik met die stroom mee zou moeten, schuifelend in de pas, niet wetend wie die dag tegen me zou spreken, niet zeker of het veiliger was als ze dat niet deden, niet wetend of mijn beschermvrouwe dienst had. Ik hoorde het slot van de deur naast de mijne. Hij knalde open. Voetstappen kwamen naderbij, een metalig gekras toen de sleutel in het slot draaide…

Ik dwong mezelf om wakker te worden. Duisternis. Deze nachtmerrie had ik vaak gehad, lang voor ik bij Classis begon. Ik zou me er nu niet meer door laten achtervolgen. Want ergens diep van binnen, geloof ik dat er een reden is voor wat er met me gebeurt. Ook al moet ik die nog wel ontdekken. Maar die overtuiging houdt me gaande. 'Kracht. Geef mij kracht, Heer', bewogen mijn lippen.

Mijn tijd om te rouwen was voorbij. Het was tijd om te dansen en te lachen. Ik stapte uit bed en schuifelde met mijn dons naar de stoel bij het raam, zonder het licht aan te doen, om aan wat daar ook buiten was, te laten zien dat ik niet bang was.

10

Hoe kun je leven zonder de aanraking en de geur van een man?

Er waren er een paar geweest toen ik hier net woonde, mannen die ik ontmoet had, meestal 's avonds in een café, die ik aardig had gevonden en met wie ik naar bed was gegaan in de hoop dat ze de leegte zouden vullen, die was ontstaan toen David me in de steek had gelaten. Maar zij hadden mijn tekenen misverstaan en hadden willen praten over serieuze dingen, hadden seks aangezien voor liefde, hadden gevoeld dat Alice Lee geenszins was wat ze voorgaf te zijn.

Dus had ik geprobeerd mijn geest en mijn lichaam af te sluiten voor seks. Een paar jaar geleden was daar Marius geweest, kortstondig, en we hadden het lichtvoetig gehouden. Sindsdien niemand. Weekends konden moeilijk zijn, en in dat zwevende moment tussen waken en slapen betrapte ik mezelf erop dat ik dacht aan donkere ogen, warrige haren en een glimlach. Ik wilde niet aan hem denken, hij drong door in een verleden dat ik had afgesloten. Ik stond gauw op. Gele schoenen. Ik herinnerde me Erics lach. Ja, zo zou ik hem noemen;

dan kon ik misschien die blik van hem vergeten. Ja, Gele Schoenen.

Oliver, meestal mijn toeverlaat als ik afleiding zocht, reageerde niet op de bel. Ik liep weer naar boven, trok mijn jas aan en wachtte een kwartier voor ik het opnieuw probeerde. Misschien stond hij onder de douche.

Nog geen antwoord.

Ik had net mijn voet op de trap om naar buiten te gaan toen er aan het touw van de voordeur werd getrokken, een frisse wind waaide naar binnen en de hond van Wim en Maria stoof voorbij, hij liep me bijna van de sokken in zijn haast om buiten te komen en te plassen. Hij haalde het tot de onderste tree, begon daar te lekken en een bruin druppelspoor tekende zich af op de stoep terwijl hij naar de goot rende, zich kennelijk bewust van mijn uiterst afkeurende blik. Toen hij klaar was, gromde hij, schudde zich uit, rende toen een paar keer de stoep op en neer voor hij met een boog om mij heen de trap weer opvloog. Ik wachtte om te zien of Wim of Maria naar beneden zou komen om de deur dicht te doen. Dat deden ze natuurlijk niet, dus deed ik het. Buiten was het warmer. Ik duwde mijn gekke, wollen muts door de brievenbus naar binnen alvorens blootshoofds op stap te gaan, voor het eerst in twee weken, richting Historisch Museum. Het was bijna twaalf uur. Op mijn weg door het Begijnhof werd mijn aandacht getrokken door tromgeroffel en Afrikaans gezang dat uit de katholieke kapel kwam. Het klonk te meeslepend om aan voorbij te gaan. Ik duwde de deur open. Binnen was het stampvol, maar toch lukte het me om erdoorheen te komen en met mijn ellebogen dicht tegen mijn lijf wurmde ik me in een kerkbank. Ik stond en knielde en zat met alle anderen; de uitbundige mis was in het Engels en werd geleid door een groep zangers en musici, uit Ghana, meende ik, die wiegden, zongen en schreeuwden, afgewisseld met gezangen die ik op school had geleerd en nooit was vergeten. Het maakte me blij.

Misschien moest ik toch maar regelmatig naar de kerk gaan, dacht ik, toen ik weer buitenkwam. Naar deze of naar de Engelse Protestantse kerk aan de overkant van de binnenplaats, waar ik in ieder geval met Kerstmis en Pasen mijn gezicht liet zien.

'Neem me niet kwalijk.' Een rijzige vrouw trok aan mijn elleboog en toen ze zag dat ze mijn aandacht had, gaf ze me een hand en stelde zich voor. 'Helena Saumon', zei ze.

'Alice Lee', antwoordde ik, maar ik had bijna Joanna gezegd. Joanna Geddes. De woorden waren van binnen uit komen aanrazen. Ik kon ze nog maar net tegenhouden.

'Ik zag u in de kerk', zei ze. 'Ik vroeg me af of u soms naar een kleine bijeenkomst wilt komen die we vrijdag hebben,' vervolgde ze, 'voor nieuwelingen.' Haar hoofd schuin, vol verwachting.

Dat is een van de problemen van naar de kerk gaan, nog afgezien van het feit dat je er niet meer aan gewend bent. Je wordt binnengezogen.

Toen ze mijn aarzeling zag, vervolgde ze haastig, met een vriendelijke glimlach: 'Vanaf acht uur, bij pater Franciscus. Hier is het adres.' Ik pakte het papiertje van haar aan. 'Dan kunnen we elkaar wat beter leren kennen', zei ze.

O nee. 'Aardig dat u het vraagt,' antwoordde ik, 'maar helaas.'

'Een andere keer dan', zei ze minzaam. 'Volgende week in de kerk, misschien', en ze wendde zich tot een andere bezoeker.

Nee, niet volgende week.

Het spijt me, gevangenispastor, zei ik in stilte. Ik was de vrouw stiekem dankbaar dat ze me weer met beide benen op de grond had gezet. Want even had ik daar binnen bijna mijn waakzaamheid laten varen. Een kerk maakte me kwetsbaar, het was dat in aanraking komen met het onstoffelijke, samen met anderen, het horen, spreken en zingen van al die woorden en gezangen die al van kind af aan vertrouwd waren. Ik moest daar niet in gesprek raken met mensen, anders zou Alice Lee merken dat ze vertelde over Joanna en dat ze weer verkeerd begrepen werd. Mensen verschilden nu eenmaal niet zo veel, binnen of buiten een kerk. Dat wist ik.

Achteraan, aan de andere kant van de binnenplaats, begon de overdekte passage die bij het Historisch Museum hoort. Ik liep er in mijn eentje doorheen onder de verstarde blikken van de vroegere schutters van de stad, vastgelegd in groepsportretten die de muren tooien. Tot mijn verbazing waren er die zondag maar weinig bezoekers in het museum zelf. Tussen twee glazen kasten met maquettes begon ik te dansen op de Ghanese muziek die naklonk in mijn hoofd, maar mijn gewieg kon niet tippen aan dat van hen, zelfs niet toen ik me heel langzaam en subtiel bewoog. Maar toch vond ik het heerlijk en ik zwierde naar de deur aan het einde van de zaal, deed hem open en liep heel gewoon de volgende zaal binnen, met nog meer maquettes, dit keer van kerken en kathedralen. Ik stelde mezelf heel klein voor en ging binnen in die kleine gebouwtjes van gips, waar ik de trap opliep en ronddwaalde door gangen zonder leven.

Een wenteltrap voerde naar een torenkamer met een houten bank tegenover het stokkenklavier van de beiaardiers. Ik ging zitten en sloeg er met mijn vuisten op, en liet de bronzen klokken beieren, het gaf me een kinderlijk gevoel van vreugde.

Een hoofd dat ik herkende, dikke houtskoollijnen om de ogen en een lach van het soort dat mensen veelal 'innemend' noemen, verscheen boven aan de trap. 'Hallo, Alice.'

'Hanna.' Ik liet mijn handen in mijn schoot vallen, in verlegenheid, maar dat hoefde niet. Ze schoof naast me op de bank en begon ook op de stokken te slaan.

'Ik ben zonder man en kind', zei ze. 'Tom is weg, en zijn ouders hebben Cecile een dagje geleend. En niemand is thuis, ik heb iedereen gebeld. Ik vind het vreselijk om alleen te zijn,' bekende ze, 'jij niet?'

Ik haalde mijn schouders op.

'Maar ik moet wel braaf zijn. Dat heb ik Tom beloofd.' Ze zuchtte dramatisch. 'En. Wat zijn jouw plannen voor de rest van de middag?'

'Daar heb ik niet over nagedacht, alleen hier zijn.'

'Waarom ga je niet met me mee naar huis om te eten?'

'Om jou te helpen braaf te zijn?' plaagde ik. Het zou een oplossing zijn. Hanna had me al een paar keer uitgenodigd en ik had het gezellig gevonden, hoewel haar flat vreemd aandeed, allemaal glas en staal, niets van haar temperament. Het decor van Tom, denk ik. 'Wil dit zeggen dat je stout bent geweest?'

'Zoiets. Het kost me gewoon moeite om hem niet te bellen.

Leuk die trui', veranderde ze van onderwerp. 'Die strakke dingen staan je altijd goed. Maar,' vervolgde ze, 'crème is je kleur niet. Blauw is mooier. Je vindt het toch niet erg dat ik het zeg?'

Uiteindelijk gingen we niet naar haar flat, maar naar café Duecento, waar de resten van mijn gans aan het wegsmelten waren tot een oninteressante klomp ijs en waar de waternevel niet langer bevroor. Ik wees Hanna wat nog van de gans over was, maar zij was midden in een verhaal over Cecile en school. We dronken witte wijn en roddelden over kantoor, terwijl we ons te goed deden aan nachochips en guacamole. Het was er gezellig. Een man aan de tafel naast ons plaagde wat, en de manier waarop zijn blik op mij bleef rusten toen hij opstond om weg te gaan, beviel me wel. Maar hij haalde het niet bij Sam. Ook Hanna vertrok om Cecile te gaan halen.

Toen ze weg was, spreidde ik een krant uit op tafel en las hem grondig voor ik naar huis ging, zelfs de overlijdensberichten. Ene Steven Blok was overleden en een stoet van vrome, zwartgerande rouwadvertenties trok over de bladzijde, van zijn familie: 'Onze liefste grootvader, papa en geliefde man', zijn collega's: 'Onze gewaardeerde medewerker', zijn beste cliënten, neem ik aan: 'Een moedig mens op wie we konden vertrouwen', enzovoort. Het tegenovergestelde van anoniem. De waarde voor de maatschappij publiekelijk uitgemeten in sentimentele centimeters.

11

Er stopte een vrachtwagen voor kantoor, hij benam me het zicht op de gracht en zorgde voor een acute verkeersopstopping. De bestuurder sprong eruit, liet zijn cabine open, waaruit *Let's Dance* naar buiten schalde, en ik riep Eric om te komen helpen met het uitladen van de dozen drukwerk waarop we zaten te wachten. Aan de andere kant van de hal begonnen werklieden mee te zingen met de muziek. Ze waren bezig met verbouwingen in het kantoor, voor het nieuwe computernetwerk waar vrijwel iedereen over sputterde. Ik liep de hal door en deed de deur dicht, om het gezaag, gehamer en gezang wat te dempen.

'Classis, goedemorgen. Nee, het spijt me, Simon is niet op kantoor. Hij is er donderdag weer.'

Ze wilden alleen maar een foto.

'Dan verbind ik u door met de promotieafdeling.'

Hanna verscheen met memo's die ik moest rondbrengen.

'Hoe staat het met de liefde?' vroeg Stella haar.

Hanna trok een gezicht. 'Tom wil niet dat ik Dirk nog ontmoet. Hij was erover in tranen gisteravond. Maar ik kan het niet.'

Ik spitste mijn oren. Dirk? Dirk van kantoor? Dus dat had ze bedoeld met haar belofte aan Tom om braaf te zijn, en daarom was dus zijn naam zo vaak gevallen in ons gesprek.

'Hoe is hij erachter gekomen?'

'Ik heb het hem verteld.' Ze wierp een blik in mijn richting. 'Dat zit wel goed, Alice zwijgt als het graf, ja toch?'

Hanna keek bedremmeld. 'Waarover?' zei ik en ik trok de krant van die morgen naar me toe.

'Zie je wel.' Stella wendde zich weer tot Hanna. 'Je hebt Tom verteld over je verhouding met Dirk?'

Ze knikte. 'Ik vertel hem alles. Ik vind het echt vreselijk dat het hem pijn doet, maar wat moet ik anders? Het enige wat hij doet is voor de tv zitten. Hij zegt dat hij veranderen zal, maar hij doet het niet. En Dirk is zo leuk, hij geeft me het gevoel dat ik leef.'

Ja. Ik had altijd wel gedacht dat Dirk leuk was. Ik hield van zijn warmte en zijn ogen met kraaienpootjes.

'Hmm.' Stella was niet onder de indruk. 'Maar waarom Tom ermee opzadelen, of ben je soms van plan om bij hem weg te gaan?'

'Natuurlijk niet.' Hanna was geschokt. 'Hij is een goede vader. Hij zou kapot zijn als ik hem Cecile afpakte. En daarbij, ik hou van hem. Daarom is het zo belangrijk dat we eerlijk zijn tegen elkaar.'

Eerlijkheid tot een vorm van kunst verheven, dacht ik, en omdat het haar zo uitkwam. Arme Tom.

Moest je zien waar eerlijkheid mij gebracht had.

Het licht knipperde, een buitenlijn. 'Uitgeverij Classis, goedemorgen... Ja, Stella', ik wees op het toestel op de balie. 'Het is voor jou.'

Hanna wachtte terwijl Stella antwoordde. 'Ja. Nee. In orde.' Ze legde de telefoon weer neer.

'Ik kan niet tegen mensen die liegen', verklaarde Hanna. 'Maar eigenlijk was ik naar beneden gekomen om Alice te vertellen van onze lunch. Vrijdag lunchen we met de meiden,' zei ze tegen mij, 'kun je dan? Wij tweeën dus en Lisa en Monique en...'

Een groep van meer dan drie vrouwen was niet veilig. Ze zouden zich met z'n allen tegen me kunnen keren. Ik schudde van nee. 'Ik kan niet,' onderbrak ik haar, 'maar dank voor het vragen. Ik heb een lezing die dag.'

Wat is het verschil tussen het vertellen van een leugen en doen alsof? Engelsen houden van sprookjes en van toneelspelen en we zijn goed in beide. Gebruik je talenten. Oudtante Alice had me er altijd in aangemoedigd, en de school ook. En het smoesje was alleen bedoeld om een eind te maken aan hun nieuwsgierigheid: tot hier en niet verder.

Wanneer het erop aankwam was ik altijd eerlijk geweest.

Ik deed het licht pas tegen drieën uit, bladerend door de dunne bladzijden van de bijbel, en niet voor de eerste keer, op zoek naar de passage waar staat dat je niet mag liegen. Ik wreef in mijn ogen, die pijn deden van die kleine lettertjes. Waar ik ook zocht, bij de Psalmen, Prediker, Oude en Nieuwe Testament, ik zag het nergens, niet expliciet: 'Gij zult niet liegen.' Geen van de tien geboden. 'Gij zult geen valse getuigenis spreken' staat er, en dat had ik ook niet gedaan.

12

Toen ik de dag daarop thuiskwam van mijn werk stond er een menigte mensen voor de koffieshop. Werklieden waren bezig platen triplex voor het raam te spijkeren, en ook voor de deur.

'Waarom spijkeren ze de boel dicht?' vroeg ik een vrouw.

'Drugs', antwoordde ze met voldoening in haar stem. 'Ze hebben heroïne gevonden. En wapens.'

'Hebben ze die gebruikt?' Ik was geschokt.

'Nee. Ze lagen achter, in de keuken. Lees de mededeling maar. Daar staat alles in. Ik heb nooit geloofd dat ze alleen maar marihuana verkochten.'

Ik wel.

Het getypte papier dat op de triplexplaten was geprikt, voegde niets toe aan wat zij had verteld, behalve de informatie dat de koffieshop op last van de burgemeester gesloten was en dat hij nooit en te nimmer meer als zodanig gebruikt mocht worden.

Er was geen spoor te bekennen van de klanten of van degenen die de zaak gedreven hadden.

João stond er ook, een beetje terzijde, een en al stoppel want hij liet zijn baard staan, zijn vioolkist op zijn rug. Hij grinnikte en maakte een gebaar van kop eraf.

'Wat?' vroeg ik.

'Dat betekent dus hun einde', zei hij.

Ik hief mijn handen op in overgave. 'Geen reden om te juichen', zei ik. 'Het is triest.'

'Tríest?'

Ik probeerde hem uit te leggen waarom ik ze mocht, maar gaf het al gauw op. Heroïne en wapens, dat was me toch te veel. Ineens kreeg ik Sam in de gaten, mijn indringer. Hij stak zijn hand op in een groet en ik begon te lachen. 'Die man', ik pakte João's arm en wees naar Sam, maar toen João omkeek, was Sam verdwenen.

13

Oliver en ik kwamen elkaar bij de voordeur tegen, allebei met de sleutel in de hand. Hij was verontwaardigd. 'Moet je nou even horen, tegenwoordig rennen ze zelfs op straat!'

'Jog...'

'Nee, niet joggen, ik bedoel rennen omdat ze haast hebben.' Hij schudde zijn hoofd. 'Dat was een van de redenen dat ik uit New York ben weggegaan, dat tempo daar. Hier rende niemand op straat. En nu doen ze het allemaal. Het is toch te gek! Waarom glimlach je?' vroeg hij. 'Heb ik iets grappigs gezegd?'

'Helemaal niet.' Het was alleen omdat Oliver dikwijls als bliksemafleider diende, mijn stemmingen omboog, de dingen relativeerde. Ik was er dankbaar voor. 'Kom, ik wil je iets laten zien.'

'Heeft het met hardlopen te maken?' Hij liep naast me. 'Waar gaan we heen?'

Ik hield hem tegen met mijn hand. 'Kijk.'

Op het verlaten trottoir op de hoek stond een reiger te staren naar het Italiaanse restaurant.

De vogel deed een stap vooruit, sprong op en streek sierlijk neer op de houten bank voor het restaurant. Hij tikte met zijn snavel tegen het raam om de aandacht van een ober te trekken en wachtte, de veren boven op zijn kop opzij waaiend in de wind. Hij bleef strak door het raam naar binnen kijken. Hij bewoog niet. En wij ook niet.

Even later kwam de eigenaar naar buiten met een sardine en wierp die de reiger toe, die hem keurig opving en met de vis aan weerszijden uit zijn bek een rondje liep alsof de vogel eigenlijk niet wist wat hij ermee aan moest.

We keerden om. 'Hectisch, hè?' plaagde ik.

'Nou ja. Zeg, ik ga naturalisatie aanvragen. Ik woon hier nu twintig jaar,' zei hij, hevig knipperend, 'dus het minste wat ik kan terugdoen is Nederlander worden. En dat moet jij ook, vind ik.'

Ik glimlachte, maar ergens had hij gelijk.

'Heus, ik meen het serieus.'

'Ik wil mijn Britse paspoort niet kwijt.'

'Waarom niet? Je gaat er nooit ergens mee naartoe. En daarbij, dat hoeft ook niet. De wet is veranderd; je kunt nu beide nationaliteiten bezitten als je dat wilt en het is ook helemaal niet zo duur: vijfhonderd gulden!'

Ik belde het Britse consulaat om zeker te zijn over die dubbele nationaliteit, natuurlijk zonder mijn naam te geven. 'Van onze kant is er geen probleem', zei de man. 'Is er ook nooit geweest. Vroeger leverde je je Britse paspoort in als erom gevraagd werd, kwam vervolgens bij ons, zei dat je het verloren was en wij gaven je een nieuw. Je kunt je Britse nationaliteit niet inleveren, weet je, het is zoiets als katholiek zijn.'

'Bent u katholiek?' vroeg ik.

'Nee dat ben ik niet', antwoordde hij ernstig. 'Maar het is wel mijn plicht om u officieel te wijzen op één consequentie, wanneer u Nederlandse wordt.'

'En die is?'

'Die is dat u, mocht er een burgeroorlog uitbreken in Nederland – hoe onwaarschijnlijk dat ook moge klinken – als Nederlands staatsburger niet langer onze bescherming geniet.'

Dat was dat. Ik kon geen andere reden bedenken om niet met Oliver mee te gaan. We togen naar het stadhuis, gewapend met ons paspoort, onze geboorteakte, een uittreksel uit het bevolkingsregister en een salarisstrookje, en wachtten tot onze volgnummers op het scherm zouden verschijnen.

'Alice Lee', zei de ambtenaar toen ik voor hem stond, met een balie tussen ons in. Hij tikte op de toetsen van zijn computer. Ik schoof hem mijn geboorteakte toe.

'Waarom wilt u genaturaliseerd worden?' vroeg hij.

'O. Nou ja.' Ik had verwacht dat hij iets zou vragen over de verschillende namen, maar dat was kennelijk al opgelost door de computer. 'Het was Olivers idee.'

'Oliver?'

'Oliver Burt. Hij is na mij.'

'Roep hem erbij als het een vriend van u is, dan kan ik u tegelijk helpen.'

Oliver stortte zich vol vuur in een uiteenzetting van zijn redenen voor naturalisatie en ik knikte instemmend.

'Uw Nederlands hoef ik niet te controleren, dat is bij beide in orde.' Hij keek Olivers papieren door. 'Ik hoop dat u geen haast heeft', zei hij, alles invoerend in de computer. 'Het duurt ongeveer acht maanden tot een jaar om uw aanvraag te laten goedkeuren. U hebt geen strafrechtelijke veroordelingen, neem ik aan?'

'Ik?' lachte Oliver. 'Nee. Alice ook niet.' En toen, nieuwsgierig: 'En anders?'

'Dan gaat het mogelijk niet door. Alle aanvragen worden voor controle doorgezonden naar het ministerie van Justitie. Vandaar de vertraging.'

'Wat gebeurt er wanneer je bericht hebt gehad van het ministerie?' vroeg ik.

'Dan zijn het alleen nog maar formaliteiten. U ontvangt een brief. Als er een probleem is, krijgt u een brief met het verzoek langs te komen. Dan zou ik u persoonlijk moeten vertellen waarom naturalisatie geweigerd is. Uw zaak ressorteert onder mij.'

'Wat voor probleem?' vroeg Oliver door.

'O, misdaden waarop gevangenisstraf staat. Ik heb eens een moordenaar moeten vertellen dat hij geen Nederlander kon worden.' De man groeide door onze aandacht.

'O ja?' moedigde Oliver hem aan.

'Hij had drie mensen vermoord, en ervoor gezeten. Ik heb geen oog dichtgedaan de nacht tevoren', vertelde de man. 'Ik weet niet waarom hij de moeite had genomen om het aan te vragen, tenzij hij dacht dat het ministerie alleen maar steekproeven deed.'

'Doen ze dat dan niet?' vroeg ik.

'Nee, ze trekken iedereen na. Dat zullen ze ook met u doen. Hij had van die lege ogen.' De man probeerde te laten zien hoe dat eruitzag, maar het lukte niet. 'Ik was zo zenuwachtig dat ik twee collega's heb gevraagd om in de buurt te blijven, voor het geval dat. Toen het zover was, ging alles goed. Ik vertelde de man dat zijn aanvraag was afgewezen. Hij zei geen woord, keek me alleen maar aan en vertrok. Geen enkele emotie. Niets.'

'Ik denk dat hij het gewoon probeerde', zei Oliver, duidelijk opgewonden over het verhaal.

'Inderdaad.' De vingers van de ambtenaar hielden op met tikken en hij keek ons afwachtend aan. 'Hebt u het bedrag voor de kosten bij u? Vijfhonderd gulden.'

Oliver haalde het geld tevoorschijn. Ik frommelde in mijn zak waarin vijf knisperende biljetten van honderd gulden zaten. 'O nee,' zei ik, 'hoe kan dat nou weer? Ik heb het denk ik thuis laten liggen.'

Oliver fronste. 'Weet je het zeker? Ik dacht toch gezien te hebben dat je het in je zak stopte.'

Met veel vertoon keek ik nog eens, voorzichtig om de biljetten niet te laten kraken, en ik zuchtte. 'Niets', zei ik, mijn handpalmen open. 'Dan moet ik het straks maar komen brengen.'

'Wat vervelend', zei de ambtenaar vol medeleven. 'Ik kan uw aanvraag niet verwerken voor u het geld gebracht hebt.'

'Dat begrijp ik.'

'Ik zal alles even apart leggen. Ik vrees dat u weer in de rij zult moeten staan, maar het formulier is tenminste al helemaal ingevuld. Dat van u zal ik maar meteen doorsturen, ja?' vroeg hij aan Oliver.

'Ja', antwoordden we tegelijk.

14

Om een uur of elf verscheen Marius met twee bekers. 'Koffie?'

'Ook een vraag. Moet jij niet naar computerles?' Er waren twee heren in pak gearriveerd voor een trainingscursus computernetwerk.

'Nee. Ik zit in de tweede groep. Ik schuif het zo lang mogelijk voor me uit.'

Buiten op straat liep een man langs, schouders gebogen over een handvol rode rozen, elk apart in cellofaan gewikkeld. 'Lijkt me wat vroeg om de restaurants al langs te gaan, niet?'

Marius keek.

'Ik heb ze er nog nooit een zien verkopen, jij wel? Ik snap niet waar ze van leven.'

'Het zijn drugskoeriers', zei Marius. 'Het werkt als volgt: je gaat een restaurant binnen en vraagt de ober om heroïne of cocaïne, wat dan ook. Die belt de plaatselijke dealer en dan verschijnt jouw bloemenman aan je tafel. Jij koopt de roos en de drugs zitten verstopt in het cellofaan.'

'Dat is echt vernuftig', zei ik vol bewondering.

Marius begon te lachen. 'O, Alice, wat ben je toch naïef.'

'Dat ben ik niet', zei ik verontwaardigd. 'Nou ja, misschien ook wel. Maar je moet toegeven dat het zou kunnen.'

'Waar is jouw formulier voor het kantooruitje?' Stella was binnengekomen. 'Wat is er zo grappig?' vroeg ze aan Marius. 'Alice, ik mis jouw formulier, geloof ik.'

Omdat ik het nog niet had ingevuld. 'Ik vrees dat ik niet kom.'

'Waarom niet?' vroeg Marius, zijn lachen bedwingend. 'Drie uur heen in een bus en drie uur terug. Tijd te over om elkaar beter te leren kennen', zei hij met een schuinse blik.

Ik grinnikte.

'Toe nou,' zei Marius, 'het is leuk. Heus. Je komt nooit en het wordt hoog tijd dat je wel komt. Zelfs het eten is te pruimen.'

'Het spijt me echt.'

'Ze wil je niet beter leren kennen', plaagde Stella.

'Nee, dat is het niet,' zei ik snel, 'maar ik heb een tentamen die dag. Mijn cursus kunstgeschiedenis', improviseerde ik.

'Jammer.'

'Maar ik kom wel op het feest de avond ervoor. Daar verheug ik me erg op.' Wanneer het feest eenmaal voorbij was, zou ik geen excuus meer hebben om in musea te dansen en dat was jammer. Gele Schoenen had zich niet meer vertoond, zelfs niet toen ik mijn danspassen oefende.

Het geluid van voetstappen en stemmen klonk op vanuit de directiekamer boven.

'Wat een tijdverspilling!' Eric en Simon kwamen binnenstormen, Simons gezicht op onweer. 'Jullie zijn aan de beurt', zei hij tegen Stella en Marius. 'Groep twee voor computerindoctrinatie.'

Marius maakte zijn peuk uit en stond op om te gaan.

'Ik vond het wel nuttig', zei Eric.

'Nuttig? Inderdaad, om hen werk te verschaffen. Twee kerels in pak en met snor en een kalende kop. Ha!'

'Heb je iets tegen snorren?'

'Ja,' was Simons antwoord, 'dat heb ik.'

Ik arriveerde bij de voordeur op het moment dat er een schuifraam knarsend openging en er een regen van gele en bruine brokken op me neerkwam. Even was ik verbaasd, tot ik aan de reuk herkende wat het was.

'Hé!'

Maar mijn kreet verdronk in het nog grotere lawaai van het vertrouwde geschreeuw van Wim en Maria. Ik schudde mijn haren uit, trok mijn jas uit en sloeg hem tegen de muur om de troep eraf te krijgen. Gelukkig bleef er weinig plakken.

Ik liep naar binnen en rende de trap op naar hun overloop en bonsde op hun deur.

Het duurde maar heel even en toen ging de deur open. 'Wat is er?' vroeg Wim.

'Je hebt net de kattenbak boven mijn hoofd geleegd', klaagde ik. 'Waarom…'

Hij keek me nauwelijks aan. 'De hond is ziek', zei hij kortaf, en de deur knalde weer dicht. De ruzie ging door.

Ik bonsde opnieuw, geen reactie. Ik gooide mijn tas neer en ging een ommetje maken om mijn ergernis af te reageren en om hen niet te horen.

'Is dat een buizerd?' vroeg ik, toen ik een man inhaalde met een roofvogel die zich met zijn klauwen aan zijn schouder vastklemde. Ik zorgde wel dat ik op armlengte afstand bleef.

'Ja. Hij kan niet meer vliegen', legde de man uit. 'Ik ben zoiets als zijn rolstoel.'

De buizerd negeerde ons, zijn ogen strak gericht op de avondlucht boven de rivier. Hij leek wel van steen, zo stil zat hij. Ik keek naar het dier en bewonderde het. Zo onverstoorbaar, zo emotieloos.

15

Ik had mezelf nooit klein gevonden, tot ik hier kwam. Nou ja, medium, niet klein, maar er zijn in deze stad zo veel blonde reuzen dat ik me klein voel. Mijn weg werd versperd door vier van dat soort reuzen, die breeduit naast elkaar op luide toon liepen te discussiëren; jong, lang, kort haar, stevige billen en dijen afgetekend onder strakke spijkerbroeken, brede schouders in breedgeschouderde, kort op de heup vallende leren jacks. Er was ook een vrouw bij, eveneens lang en breed, fors, een teint van melk en honing. Komt vast door de hormonen die ze in de melk en de kaas doen. Als ik hier lang genoeg woon, word ik misschien wel net zo groot.

Mijn 'pardon' werd overstemd door hun stemmen terwijl ik langs hen probeerde te glippen, op terugweg van de Spaanse winkel en gehaast om voor hij was uitverkocht, bij de bakker het stokbrood voor mijn zaterdaglunch te halen. Ik versnelde mijn pas en stapte de straat op om ze te passeren en 'au!', ik botste regelrecht tegen iemand op die van de andere kant kwam.

Hij steunde me terwijl ik mijn hoofd wreef op de plek waar

het tegen zijn schouder was geknald. De lange groep passeerde ons.

'Jij bent het', zei ik beschuldigend. Het was Sam. 'Je bent me nog je excuses verschuldigd.' Klaarlichte dag gaf me de moed.

'Waarom?' was zijn vraag. 'Jij moet uitkijken waar je loopt.'

'Ik bedoel voor laatst. Weet je nog?'

Hij kauwde verwoed op zijn kauwgom. 'Nee, moet dat?'

'Ja, Sam.'

'Hoe weet je mijn naam?'

'Je hebt bij me ingebroken.'

'Dat heb ik niet!' Hij was verontwaardigd. 'De deur was niet op slot. Je moet je deur op slot doen, het is vragen om moeilijkheden als je hem zo openlaat. Je weet nooit wie er zo maar komt binnenlopen.'

'Zie je wel!' zei ik triomfantelijk. 'En bied je me nu je excuses aan?'

Hij ging van de ene voet op de andere staan. 'Ik heb nog het een en ander te doen.'

'Vooruit,' zei ik, 'alleen maar "sorry".'

Hij zuchtte. 'Oké. Sorry. Zo goed?'

'Laten we een kop koffie gaan drinken.' Ik nam wel veel risico. Ik stak mijn hand uit.

'Jemig,' zei hij, 'heb ik even pech dat ik jou ontmoet heb.' Hij sloeg met zijn hand op de mijne en barstte in lachen uit. 'Ik weet iets beters. Je krijgt een biertje van me.' Hij sloeg een arm om mijn schouder en dirigeerde me in de richting van een koffieshop die me nog nooit was opgevallen, ook al was ik er wel honderd keer langs gelopen. Een band was midden in een daverende jamsession. Hij voerde me naar de bar en bestelde twee bier. Een man met een groene trui maakte plaats voor me. 'Je nieuwe vriendin?' schreeuwde hij tegen Sam.

'Nee', antwoordde ik.

'Dan is het goed. Hij deugt niet', zei de man tegen mij. 'Je kunt beter uit zijn buurt blijven.'

'Weet ik.'

'Wat?'

'Ik zei dat ik het wist', schreeuwde ik.

'Heus?'

Sam en ik wisselden een blik. Behalve Oliver waren er maar heel weinig mensen in mijn kamer geweest. Sam wel. Het had iets intiems.

Sam wees naar mij. 'Doe je deur op slot!'

Ik haalde mijn schouders op.

'Hoor eens, ik meen het. Je weet nooit wie er binnenkomt.'

'Jij bijvoorbeeld, en er is niets gebeurd', voerde ik aan.

'Je had geluk dat ik het was. Mooie vrouwen zoals jij.'

'Ik hou niet van deuren op slot.'

'Wat?'

'Ik hou niet... ach, laat maar.'

Hij staarde in zijn biertje. Ik dronk vrijwel de helft in een teug op en werd bijna onder de voet gelopen door de musici die klaar waren met hun jamsession en zich verdrongen rond de bar. Sam liep naar een tafel een eindje verderop en ik volgde.

'Woon je al lang daarboven?' vroeg hij.

'Tien jaar.' Ik vond het niet nodig om tegen Sam te liegen.

Hij keek verbaasd. 'Heb je werk?'

'Ja.'

'Waarom is het dan zo leeg?'

'Ik vind het fijn leeg', zei ik, in de verdediging.

'Je hebt iets te verbergen.' En zijn vinger prikte in mijn richting.

'Hoe bedoel je?'

'Ik voel het. Waarom hou je niet van deuren die op slot zijn?' hij stak zijn hand uit toen ik mijn mond opendeed, 'je hoeft het niet te vertellen. Maar als je ooit in de problemen zit, kom mij dan halen, oké? Kom hierheen. Zij vertellen je waar ik ben.'

16

Alles wat ik aan enigszins feestelijke kleding had, lag uitgestald op mijn bed. Ik probeerde allerlei combinaties, en koos uiteindelijk voor een zwartfluwelen minirokje en een dieprood topje met een boothals. Ik danste er even mee in het rond en het voelde lekker. Ik legde ze apart om te strijken en liep de trap af naar Oliver. Hij ging geheel op in zijn computerscherm en dus bood ik aan om thee te zetten, wat ik al van plan was, niet met die theezakjes van hem, maar met echte lekkere Darjeeling die ik gekocht had op de terugweg van het museum.

Ik liep Olivers keuken in. Daar zat het beest tegen de grond gedrukt, glimmend, met trillende voelsprieten.

Gal golfde naar boven. Een kakkerlak.

De vloer was beton-koud, ik rook oud zweet, van mezelf, en de zoetige, muffe lucht van vrouwen die te lang met elkaar opgesloten hebben gezeten. Mijn cel was doortrokken van de stank van rottend voedsel buiten op de grond, en van uitlaatgassen op de snelweg daarachter; en toch was zelfs een snelweg beter dan deze duistere plek. Het was een omen.

Nee! Ik was niet die vrouw. Ik scheurde mezelf los uit deze walgelijke herinneringen, bukte en trok langzaam mijn schoen uit, mijn blik gericht op het beest. Ik stapte eropaf. Een zenuw in mijn onderlip trilde en ik beet erop om het te laten stoppen.

Pets!

'Wat was die klap?' Oliver stond in de deur.

Bibberig kwam ik overeind. 'Kijk, een kakkerlak.'

'Kakkerlak? Kan niet.' Maar toen hij naderbij kwam, moest hij me gelijk geven. Ik stond stokstijf en keek hoe hij het beest opruimde en meteen ook een lik over mijn schoen gaf, alles zonder enige omhaal. 'Ik dacht dat je thee zou zetten.'

'O. Ja.' Ik stak het gas aan.

Hij pakte me bij mijn pols en keek naar mijn hand. 'Je hand trilt, Alice. Waarom? Om een kakkerlak? Eén betekent nog geen plaag. En hij is nu dood.'

'Ik hou niet van insecten', mompelde ik.

'Dat is niet waar.'

Ik keek in zijn lichtblauwe ogen, niet in staat om te antwoorden, zelfs niet om te liegen dit keer.

'Laat maar, je hoeft het me niet te vertellen als je niet wilt', maar hij was uit zijn humeur, dat kon ik zien aan de manier waarop hij met zijn ogen knipperde.

Toen ik weer boven was, schoof ik mijn bed van de muur, en de ladenkast en de boekenkast, alles weg van de muur naar het midden van de kamer, en poetste elk vuiltje weg. Ik maakte de keukenkastjes leeg om de planken af te nemen, en kwam toen de map tegen.

'Hier.' David had me een map in mijn handen geduwd. Ik was nog maar een uur thuis.

'Wat zit erin?' Niet dat het me echt interesseerde; ik wilde met hem praten.

'Kijk maar.'

Hij had er keurig de berichten over het proces in geplakt. Korte, feitelijke verslagen, niet eens allemaal zonder medeleven verwoord, en een stel krantenfoto's, een van de moeder van het kind, genomen buiten de rechtszaal, beeldig gekleed en in tranen, 'vergezeld door de vader en vrienden' was het bijschrift, drie mannen en een vrouw. Ik keek er nu weer naar, maar aan niets kon je zien wie de vader was.

David had er zelfs een trouwfoto van ons bij gedaan. Het was alsof hij me ingepakt had en weggestopt in die archiefmap, systematisch en geordend als altijd.

Ik legde de map terug en pakte de spuitbus die ik gekocht had en nooit had hoeven gebruiken en terwijl ik mijn adem inhield, spoot ik het spul in alle hoeken en gaten, en ook in de douche. Daarna ging ik wandelen om de stank te laten wegtrekken.

Later op de avond deed ik mijn best op mijn maaltijd, grilde een lamskotelet, maakte aardappelpuree en stoofde champignons in olie met knoflook en citroensap.

Maar ik stootte tegen de steel van de pan en de champignons belandden met een boog op de vloer die wel schoon was maar die natuurlijk walgelijk naar insecticide zou smaken.

Kregel keek ik ernaar. Ik liet de champignons voor wat ze waren. En ook het idee om een ceremonie van mijn diner te maken. Ik at de kotelet uit het vuistje, op de vloer gezeten, lepelde de puree uit de pan en toen, toen pas, ruimde ik de champignons op en mikte ze in de vuilnisbak. Ik desinfecteerde de door de champignons besmette plek nog eens, zette het raam open en ging slapen.

17

Het was een leuk feest, zo een dat meteen op gang komt. Dat voel je al bij het binnenkomen. Ontspannen en gemoedelijk, maar wel met net dat vleugje seks en opwinding dat je nodig hebt, en wijn, en een wat ongewone band met een accordeon en een piccolo. Mijn lichaam zweefde op de muziek, en ik voegde me bij Marius en Dirk aan de bar. Die hadden hun partners bij zich, dus toen puntje bij paaltje kwam, vroegen ze me maar één keer ten dans. In het begin. Daarna danst ik een paar keer met Eric die atletisch over de hele dansvloer hoste, en wat later nog een keer met Koos, maar toen zochten alle stellen elkaar weer op. Ik ging wat te eten halen en schepte mijn bord lekker vol, probeerde onder het eten met Lisa en Paul te praten, maar dat kostte moeite vanwege de muziek en ik liet me graag terugvoeren naar de dansvloer. Ik danste in de buurt van Marius, en Josine, de nieuwe verkoopassistente, kwam erbij dansen. Het voelde gek om met een vrouw te dansen. Op zaterdagavond op kostschool hadden we wel met elkaar gediscoëd en zelfs gewalst; zo deed je dat als meisjes, wanneer er geen jongens waren. Om te beginnen deed ik alsof we niet echt met elkaar dansten. Maar toch. Hoe dan ook, ik mocht Josine, en ik had genoeg drank op om me ook alleen op de dansvloer te begeven toen ik niet meer ten dans werd gevraagd. Het zou zonde geweest zijn van al mijn geoefen om het niet te doen, en toen ik daar eenmaal stond, leek het volkomen natuurlijk, iedereen had plezier, zelfs Hanna die Tom bij zich had, dus ik bleef lekker schuifelen en zwieren en voelde me niet in het minst buitengesloten, alles was goed zo.

Ik verliet het feest voor het begon in te zakken, voor iemand in de gaten kreeg dat ik alleen vertrok, en voor ze me probeerden over te halen om de volgende dag toch mee te gaan met het uitje.

Buiten stopte juist een tram. Ik stapte in en reed naar het Centraal Station, nog steeds in feeststemming, ik wilde niet dat de avond al voorbij was. Ik liep naar perron twee, naar het café in de oude eersteklaswachtkamer. Ik hield van dat café, genoot van de oude, houten lambriseringen en het nostalgische halfduister en ook van de merkwaardige sensatie om hier op het station te zijn zonder het plan om op reis te gaan. Ik liep naar een van de kleine tafeltjes die in een rij voor de lange, gestoffeerde bank onder de ramen stonden en bestelde koffie.

Een jongetje van een jaar of acht zat kruis of munt te gooien aan het tafeltje naast mij en kletste tegen zijn moeder, die briefkaarten zat te schrijven. Hij had iets levendigs in zijn manier van doen, wat me zeer aansprak, en toen er een munt van de tafel rolde en aan mijn voeten belandde, was ik blij dat ik de kans kreeg om iets tegen hem te zeggen. 'Ken je Peter Pan?' vroeg ik en ik overhandigde hem de munt.

Hij keek van onder zijn lok naar mij, toen even naar zijn moeder, en knikte.

'Mooi. Weet je, Peter Pan is geschreven door een meneer Barrie. Heb je wel eens van hem gehoord?'

'Nou, de man die Peter Pan heeft geschreven,' vervolgde ik haastig, 'die was ook altijd aan het kruis of munt gooien, en hij kende een paar slimme trucjes. En overal waar hij kwam, liet hij zijn sporen na. Wat je moet doen is oefenen om een munt zo hoog als je kunt op te gooien. Zal ik het je laten zien?'

Hij gaf de munt weer aan mij. 'Kijk zo, met duim en wijsvinger.' Ik liet het zien maar hij ging niet zo hoog, en geen wonder. Ik was teut. Vier glazen wijn, of nog meer. Ik lachte. 'Ik denk dat jij het in ieder geval beter kunt.'

Hij grinnikte.

'Nou ja. Je moet het kunstje net zo lang oefenen tot je het plafond kunt raken. Dan moet je een postzegel nat likken', en zwakjes doofde mijn verhaal. Ik was vergeten wat J.M. Barrie deed. 'Mijn man kan het perfect', zei ik, om tijd te winnen. De jongen hoefde niet te weten dat ik geen man meer had. Ik kon aan zijn pientere uitdrukking zien dat hij geïnteresseerd was.

'Je hebt zeker geen postzegel bij je?' vroeg ik, want ineens herinnerde ik me weer precies hoe het ging.

De jongen keek om naar zijn moeder, die behulpzaam in haar tas rommelde. 'Hier', ze reikte er een aan.

Ik stond op, draaide mijn rug naar de jongen en zijn moeder, likte de postzegel nat, nam de munt in mijn hand en draaide me weer naar hen, en concentreerde me. 'Daar gaat-ie.' Ik ademde diep in, uit. De munt en de postzegel vlogen naar het plafond en de munt belandde in een oogwenk weer in mijn hand. 'Zie je de postzegel?' Ik wees ernaar, hoog boven ons tegen het plafond geplakt; het was een wonder dat ik hem zo hoog gegooid had. Ik weet niet wie van ons beiden verbaasder was. 'Naar beneden kijken!' Ik had de ober zien aankomen met mijn tweede kop koffie. 'Die hoeft het niet te weten.'

De jongen giechelde. Ik was verrukt over mijn succes.

'Oefen thuis maar', zei ik toen ze opstonden om hun trein te halen.

'Niks ervan', waarschuwde zijn moeder, en ze glimlachten naar me, moeder en zoon met precies dezelfde glimlach.

Ik dronk mijn koffie op en liep neuriënd naar buiten, nam de eerste de beste tram die ik zag en stapte uit bij het Leidseplein. In een opwelling liep ik het plein over, naar de ijssalon.

'Hebt u soms een gulden voor me?' Een lange man versperde de ingang van de ijssalon. Zijn haar was een en al klitten en zijn lange jas stonk en hij was ellendig mager en grauw in het harde, helle licht daarbinnen.

Ik schudde van nee.

'Niet eens een gulden? Ik heb niet gegeten.' Niet gedronken leek waarschijnlijker, dacht ik, toen dampen even zwaar als zijn accent me bereikten.

Hij liet me langs toen hij zag dat ik niet meegaf. Met één voet binnen, draaide ik me om. 'Kom maar mee', zei ik.

Hij keek verbluft.

'Kom. Dan krijg je een ijsje van me.'

Hij kwam achter me aan naar binnen, erg op zijn hoede.

'Twee, graag', zei ik tegen het meisje achter de toonbank. Ik

zag wat ze kostten en schrok. Gaf niet, er werd nu getrakteerd.
'Welke smaken wil je?'

De zwerver staarde me aan.

'Toe dan,' drong ik aan, 'kies de smaken die je lekker vindt. Je kunt drie verschillende kiezen of drie van hetzelfde.'

Roodomrande ogen begonnen te schitteren. Vol eerbied liep hij van de ene kleurige ijsbak naar de andere, en weer terug, en ten slotte wees hij met een bevende vinger zijn keuze aan.

Zwijgend stonden we daar terwijl het meisje onze hoorns vulde. Ik betaalde en gaf hem de zijne.

Zijn hand schoot naar voren en hij draaide zich om, over het ijsje gebogen, het afschermend tegen mij, en was de deur uit en de straat op voor ik me, zo dacht hij, misschien wel zou bedenken.

Met de alcohol nog plezierig in mijn aderen drentelde ik wat rond op het plein terwijl ik mijn ijsje oplikte, keek naar een groepje mensen dat stond te kijken naar een vuurvreter.

Toen ik langs een nieuw restaurant kwam, stopte ik. Ik liep naar binnen, vroeg om een tafeltje en kreeg het enige dat vrij was, een van de kleinste, met een bank vanwaar je de ruimte inkeek. Ik bestelde kervelsoep, tarbot en wijn.

Naarmate het peil van de wijn in de fles zakte, voelde ik me warmer en ik wist dat de kleur op mijn wangen nog dieper geworden was en dat mijn ogen straalden. Ik hoorde een ritme in het gekletter van messen en vorken op borden om mij heen, en mijn voeten begonnen te tappen terwijl ik erop neuriede, tussen de happen door.

Het stel aan de tafel naast me, op elleboogafstand, boog de

hoofden naar elkaar en nog dichter naar elkaar en toen weer uit elkaar en stopte met praten. Ik wist dat het om mij was, maar het kon me niet schelen. Ik legde mes en vork neer en hief mijn glas: 'Proost!' toastte ik, en ik grinnikte ondeugend naar ze.

Meer stemmen zwegen en hoofden keken om. Er leek een ober in mijn richting te komen. Ik beduidde dat ik niets kwaads in de zin had, maar de mensen mopperden.

Enigszins hikkend betaalde ik mijn rekening en giechelend liep ik de straat op. De richting was goed, geen probleem, en eenmaal thuis zou ik een heleboel water drinken.

Ik stak over en keek om. Lichte schoenen in het schijnsel van een lantaren achter me. Kom maar op! dacht ik en ik rende ernaartoe. Op de hoek stond ik stil en keek de straat af. Ik meende dat de schoenen geel waren geweest, maar het was moeilijk te zeggen in dit licht. Geen van de mensen die ik zag had lichte schoenen aan, laat staan gele. Ik wou dat het wel zo was.

Ik werd wakker omdat er zich iets groots bij mijn enkels bevond, iets wat daar zat en het dek strak over mijn benen trok. Het matras zakte weg naar die kant, mijn lichaam werd naar beneden getrokken.

Het was donker.

Ik deed mijn mond open om te schreeuwen. Er kwam geen geluid uit. Het grote zware wezen verrees daar dreigend aan het voeteneinde. Ik trapte naar opzij, sloeg wild in de lege ruimte naast me, waar iemand moest zijn, maar er was niemand om me te verlossen. Ik was helemaal alleen. Weer opende ik mijn mond om te schreeuwen. Het ding zou me verstikken, centimeter voor centimeter. Het gewicht bewoog, een beetje. Verliet me. Op dat moment strekte ik een arm uit, greep naar de lichtknop en deed het licht aan.

Er was niets. Ik ging zitten en keek de kamer rond. Nog steeds niets. Ik sloeg mijn dek terug en stapte uit bed om de enige hoek die ik niet kon zien, bij de deur, te controleren. Leeg.

Ik stapte weer in bed, mijn benen slap en trillend, mijn hoofd wazig. Ik dronk nog een beker water en ging weer liggen. Het licht deed ik niet uit.

18

In de daaropvolgende dagen zag ik buiten mijn werk om niemand. Op de gekste momenten kwam de paniek opzetten. Dan wachtte ik tot het gevoel weer zakte, en langzaam stroomde het dan van me af. 's Avonds bracht ik veel tijd door voor het raam, kijkend naar de buren aan de overkant, hoe ze thuiskwamen, aten, televisie keken, spraken en lachten, alle dingen deden die gewone gezinnen doen. Ik probeerde Olivers bel ook een paar keer, maar hij was nooit thuis. Wim en Maria maakten niet veel lawaai. João was op tournee, vertelde Miriam me verlegen een keer op de trap. Ze stond tegen de muur gedrukt alsof ik opeens meer ruimte nodig had om erlangs te kunnen.

'Hoi.'

'Waar was je? Hier', ik reikte Oliver een brief aan die op de mat lag.

'Ik deed niet open. Er zijn van die tijden dat een mens alleen wil zijn, weet je. Gisteren heb ik op de markt tomaten gekocht, van die grote Italiaanse waar echt smaak aan zit.' Oliver ging voor mij uit de trap op. 'Ik heb er saus van gemaakt. Hij is werkelijk verrukkelijk. Je moet hem beslist komen proeven.'

'Graag. Van welke kraam zijn ze?' We waren bij zijn overloop aangekomen.

'Links achteraan, achter de bouwput. Heb je je gerealiseerd dat die schuttingen er nu al een jaar staan? Je zou toch verwachten dat ze eindelijk met de bouw beginnen. Slopen is het enige wat ze kunnen. Ik had nooit gedacht dat het me wat kon schelen, maar toch is het zo; ik ben van plan naar de volgende bijeenkomst te gaan en ook te protesteren. Zou jij ook moeten doen.'

'Ik zal erover denken. Waar ergens links... die kraam?' vroeg ik nog eens.

'O, in het tweede stuk. Het zijn een man en een vrouw en ze verkopen pepers en kruiden en zo. Ik vroeg de poelier om een ons kippenlevertjes, maar nee. Hij verpakt de levertjes in plastic zakken van een half pond in plaats van ze los te verkopen, en nu blijven ze niet langer dan een dag goed. Hoe moet dat nu met kleine oude dametjes die maar een onsje willen?'

'Zoals jouw moeder?' opperde ik.

Hij knipperde met zijn ogen. 'Die is niet bepaald klein! Ze belde op, twee dagen geleden. Ik heb de hoorn erop gegooid. Dat mens! Ik vraag je niet binnen, ik moet een vertaling afmaken.'

'Geeft niet', zei ik, al halverwege de volgende trap.

'Er is gisteren iemand voor je geweest.'

Ik stond stil, ineens doodsbang, en keek over de leuning naar beneden naar Oliver. 'Voor mij? Wie?'

'Hij heeft zijn naam niet genoemd. En ik heb hem er niet naar gevraagd.'

'Een man?'

'Ja. Je hoeft niet zo verbaasd te zijn. De halve wereld bestaat uit mannen, zoals je weet.'

'Ik bedoelde niet... hoe zag hij eruit?'

'O, twee benen, twee armen, een hoofd. Sorry, ik herinner me niets speciaals. Ik heb niet echt goed gekeken en het regende net zo hard als vandaag.'

'Was hij zwart?'

'Nee.'

Ik liep naar het café om de hoek, op zoek naar Sam. Duwde de deur open, schudde de regendruppels af op de mat, en liep naar de bar. 'Is Sam er?' De man had zijn hoofd vlak bij de schetterende radio. 'Is Sam er?' herhaalde ik luider. Dit keer hoorde hij me.

'Sam wie?'

'O.' Ik was in verwarring. Ik had nooit naar zijn achternaam gevraagd.

'Je weet wel, Sam. Lange vent, zwart, hij heeft me een paar weken geleden mee hierheen genomen.'

'O, die. Sam Boston. Hé!' schreeuwde hij, 'iemand Sam Boston gezien?'

'Hij is in de buurt', riep een man ergens aan een tafel. 'Wie zoekt hem?'

Ik liep naar hem toe. 'Ik. Hij heeft gezegd dat ik hem hier kon bereiken.'

'Hmm.' De manier waarop hij en de andere man aan zijn tafel me opnamen, stond me niet aan. 'Hij is er waarschijnlijk vanmiddag. Kom dan maar terug.'

'Hoe laat ongeveer?'

'Weet ik veel.' Hij kletste verder met zijn maat, ik kon vertrekken.

'Ik... wilt u hem zeggen dat Alice Lee hem zoekt,' zei ik, 'voor het geval ik hem misloop?'

Thuis las ik wat, ruimde op, bedacht wat ik aan eten moest inslaan, pakte mijn paraplu en ging de straat weer op.

Toen ik de bakkerij uitkwam met yoghurt en broodjes, en ondertussen een reep chocola openpeuterde, stond Sam daar.

'Je zocht me.'

'Eh. Ja. Tenminste, ik...' ik bood hem een stuk chocola aan.

'En?' Hij pakte een paar blokjes en zoog er luidruchtig op. Hij wachtte.

We gingen onder de luifel van de winkel staan om te schuilen voor de regen.

'Nou, wat is er?'

Ik haalde vlug en diep adem. 'Sam, wat doe je als je denkt dat je gevolgd wordt?'

'Word je gevolgd?' Hij pakte de reep uit mijn hand en brak nog een stuk af.

'Ja. Nou ja, ik weet het niet zeker. Maar ik denk van wel.'

Hij spuugde op de stoep. Chocolakleurig spuug. 'Vertel eens wat over die vent.'

Ik schudde mijn hoofd. 'Misschien verbeeld ik het me maar. Zeg me alleen wat je zou doen.'

'Oké.' Hij kneep zijn ogen wat dicht. 'Ik zou hem volgen', zei hij ten slotte.

'Je zou hém volgen? Net andersom?'

'Klopt.' Hij grinnikte. 'Hoe kom je er anders achter wie hij is en wat hij wil?'

Ik staarde in de regen.
'Eet jij dat stuk chocola nog op of geef je het aan mij?'
Ik gaf het hem.
'Bedankt, joh. Zie je wel weer.'

19

Het was lente. Dat zag je aan de cafés, stoelen en tafels mochten weer buiten op het terras, en je hoorde steeds meer rondvaartboten op de rivier en de grachten. Ook al was het nog te koud voor een dunnere jas, ook al waren de bomen voor mijn raam nog kaal, en al waren de terrasjes waar je langskwam winderig en verlaten – het stadsbestuur en de toeristenstroom bepaalden de seizoenen.

En toen kwam op een dag echt de lente. Van de ene dag op de andere zag je buiten groene knoppen, werden er in de buurt voor de huizen stoeptegels losgehaald, werd er potaarde over het zand geschept, en werd er clematis geplant, en ook viooltjes en Oost-Indische kers. De wijkraad moedigde de buurt aan om voor meer groen te zorgen. Er was een speciale markt waar bloeiende planten met korting werden verkocht. Er werd aangeraden om er gaas omheen te zetten, tegen honden en rotzooi. Oliver was enthousiast geweest maar had er niets aan gedaan. Twee huizen verderop waren ze besluitvaardiger geweest. Daar ontloken de primula's die er in overdaad waren aangeplant, verrukkelijke plassen van geel en paars tegen het grijs van de stoep, net naast de balustrade waaraan ik mijn fiets altijd vastzette.

Hij stond er niet. Ik liep naar de hoek, bekeek alle fietsen waar ik langskwam voor het geval ik hem ergens anders had vastgezet en dat vergeten was. Maar ik vergat geen dingen. Eigen schuld, zou Oliver zeggen, omdat ik te lui was om hem twee straten verderop naar de fietsenstalling te brengen. Ik stond naast de lege balustrade en vloekte in mezelf. Dat was dan de laatste omafiets geweest die ik zou kopen, zwart en met verleidelijke rondingen; de volgende zou een doodgewone tweedehands zijn die niemand wilde hebben, en ik zou zo'n stijf U-slot kopen dat makkelijker te hanteren was dan die onhandige ketting van mij. Mijn kaken klemden op elkaar van ergernis. Ik keek op mijn horloge en ging te voet verder. Ik had nog tijd genoeg.

Op de hoek zat een krantenjongen op zijn fiets geleund tegen de oud-papierbak en voerde die uit zijn fietstas de kranten van die dag. Ik zigzagde over de stoep tussen lege, kartonnen dozen en glasscherven door, tussen de bakken voor papier en glas, voor ik 'hallo' naar hem riep.

Hij keek me uitdagend aan en ik glimlachte, al minder geërgerd. Het was tenslotte lente en het enige wat ik kwijt was, was mijn fiets. De fontein onder de kale bomen op het Frederiksplein was weer gevuld en spoot, maar toen ik erlangs liep, schuimde het water en zeepvlokken dreven in de wind. Een lading natte kleren lag gedrapeerd over een bank langs het pad, om te drogen waarschijnlijk. Naast de bank stond een zwerver, lang en mager, naar zijn voeten te staren. Prachtige sportschoenen, zag ik.

'Goedemorgen', zei ik, kwiek voortstappend.

Hij bewoog. Er werd een hand uit de jas naar mij uitgestoken. 'Hebt u 'n gulden?'

'Sorry.' Ik schudde van nee. Hij liet de hand zakken.

Toen rook ik de kleren die lagen te drogen, en ik veranderde van gedachte uit waardering voor zijn optimisme. Ik nam hem van dichterbij op. Het zou mijn ijs-zwerver kunnen zijn, maar zeker was ik niet. Ik draaide om en grabbelde in mijn zak. 'Hier.'

'Bedankt.' Hij hield de munt stevig vast. 'Waar gaat u heen?'

'Wat?' Ik was verbaasd dat me dat gevraagd werd. 'Naar mijn werk.'

'Gaat u altijd lopend?'

'Nee.' Ik glimlachte, dit was zo onverwacht. Als het dezelfde man was, had hij beslist zijn tong teruggevonden. 'Mijn fiets is gestolen.'

Hij stond eng dichtbij. Ik deed een stap achteruit, zo beleefd als ik kon.

'Stond hij behoorlijk op slot?' vroeg hij, en hij deed een stap vooruit om de afstand weer teniet te doen.

'Ja.' En ik weer achteruit om die afstand te bewaren. Hij volgde.

'U had hem vast niet goed op slot gezet', was zijn conclusie. 'Ik kan u koffie geven. Dan kunt u er weer tegen vandaag.'

'O ja?'

Hij gespte zijn tas los en haalde een thermoskan tevoorschijn. Moeilijk om te weigeren nu. 'Heb je die zelf gezet?'

Hij bulderde van de lach. 'Nee, schat, die heb ik gisteravond van het café daar gekregen, met suiker en melk.'

'Niet slecht', zei ik nippend aan het smerige spul, stroperig en lauw. Hij was begonnen aan een monoloog over de sociale dienst, tehuizen, het weer, toeristen die nooit stopten, en het aantal mensen dat niet in God geloofde. Volgens hem hielden ze zichzelf voor de gek. Hij had een hond gehad die gestolen was of doodgegaan – ik begreep niet precies wat – maar sindsdien was zijn leven niet echt hetzelfde meer geweest, hij had een broer ergens in het zuiden, waar hij geen contact meer mee had, en zijn recente verblijf in de gevangenis was niet slecht geweest, maar 'ze wilden me niet eens tabak geven!' riep hij uit.

In de pauze die volgde overhandigde ik hem het thermoskopje en nog een munt die ik in mijn zak vond.

Hij schoof hem naar me terug. 'De koffie is gratis, dame.'

Ik geneerde me. 'Nee, dat heeft niets met de koffie te maken.'

'In dat geval', zei hij en hij pakte hem aan en stak hem in zijn zak. 'Bedankt. Ik kan het vandaag goed gebruiken. Bedankt. Maar, hé, soms heb ik centen zat, dan loop ik met wel honderd gulden op zak. Als u ooit geld nodig hebt, vraag het dan aan mij. Soms ben ik hier, soms ook op de Nieuwmarkt. U vindt me wel.'

'Bedankt.' Ik maakte een kleine buiging.

'Ga naar je werk. Vooruit!' schreeuwde hij plotseling. 'Wat is werkelijkheid?' riep hij tegen mijn verdwijnende rug. 'Wat is werkelijkheid? Kun jij me dat vertellen?' Zijn uitroepen stierven weg.

Toen ik op kantoor kwam, had Lisa het afval al buiten

gezet, tien zwarte plastic zakken vol, en Eric had de post uitgezocht.

Tegen tien voor tien was iedereen binnen, behalve Marius. Om vijf voor tien belde hij.

'Dag, Marius, lekker geslapen?'

Zijn vriendin was 's nachts ziek geweest.

'Sorry. Ik zou je niet geplaagd hebben als ik dat wist. Blijf aan de lijn, ik ben zo weer bij je terug.'

Ik beantwoordde de andere lijn. 'Uitgeverij Classis, goedemorgen.'

Een stem in het Engels. 'Koos van Vliet, graag.'

'Ik zal even voor u proberen, Wie kan ik zeggen?'

'John Lowton.'

Mijn vinger bleef zweven boven de knop van Koos, toen verbond ik door en haalde Marius weer uit de wachtstand. 'Sorry. Ja, ik verstond je. We zien je wel verschijnen als de dokter is geweest.'

'Is er iets, Alice?' vroeg Marius. 'Je stem klinkt zo gek.'

'Nee hoor.' Ik schraapte mijn keel. 'Hoor je wel? Hoe laat denk je er te zijn?'

'Over niet al te lang.'

Het licht van Koos' interne lijn knipperde. 'Alice, ik verwacht vanmiddag een bezoeker, John Lowton, maar...'

'Is het een schrijver?' onderbrak ik hem.

'Lowton? Ja. Hij werkt aan een stel gidsen voor de EU. Maar,' zei hij ongeduldig, 'ben jij er dan?'

'Nee, Ellen werkt vanmiddag.' Mijn keel kneep toe.

'O, wil je haar vragen om hem naar Dirk te sturen tot ik terug ben?'

'Ja.' Ik was al bezig om de aantekening op een geel plakbriefje te schrijven, met nog andere berichten voor haar, terwijl ik me afvroeg met wat voor smoes ik die middag zou kunnen terugkomen.

Tegen de tijd dat Ellen arriveerde, had ik er een bedacht.

'Hoe is het geweest?' vroeg ze.

'Rustig.' Ik pakte mijn spullen bij elkaar en liep met haar de berichten door en de personeelslijst. 'Paul is gaan lunchen, Marius is thuis bij zijn zieke vriendin, Hanna is aan het lunchen. Hoe was je nichtje?'

'Schattig. Je zou zo weer een baby willen.'

Toen ik mijn jas van de kapstok om de hoek bij de receptie pakte, liet ik mijn sleutels zachtjes op de grond glijden. 'Ik ben dus weg', riep ik. 'Tot dan.'

Het Historisch Museum was het dichtste bij, dus ging ik daarheen. Ik wist niet eens precies hoe laat John Lowton zou komen.

Ik hield het anderhalf uur vol en ging toen terug.

'Je kunt er niet genoeg van krijgen, hè', groette Eric toen ik binnenkwam.

'Ik ben mijn sleutels kwijt', legde ik uit. 'Heb jij ze soms ergens gezien? Jij, Ellen?'

Geen van beiden natuurlijk, dus ging ik op zoek. 'Is John Lowton al geweest?' vroeg ik, toen ik zag dat het gele briefje voor Dirk verdwenen was.

'Wie? O, John Lowton, die man voor Koos, bedoel je. Nee, die heeft afgezegd, had iets met zijn vlucht te maken.'

'Vlucht?'

'Uit Londen. Hij komt nu volgende week.'

Ik was vreemd teleurgesteld dat hij niet verschenen was. Ik deed alsof ik mijn sleutels zocht. 'Kijk eens!' riep ik, ermee naar Ellen zwaaiend. 'Hebbes. Tot kijk.' Waarschijnlijk woonde hij dus in Londen.

Op weg naar huis kocht ik een zwarte tweedehands fiets bij de zaak op de hoek en snel fietste ik langs de rivier, onder de grote brug door, langs negentiende-eeuwse villa's, over de brug en weer terug, een half uur langs boerderijen verspreid door het land en roeiers die voortzoefden over de rivier. Ik werd lekker moe.

Toen ik later terugkwam met mijn afhaalmaaltje, stond er een stevige rieten stoel op de stoep, groot genoeg om je erin op te rollen, met prachtige, verschoten blauwe kussens. Ik zou hem bijpassend donkerblauw kunnen verven. Niemand gedroeg zich als de eigenaar, dus ging ik ervan uit dat hij inderdaad op straat was gezet; ik mikte de pizza die ik net gekocht had, op de zitting en sleepte de stoel over de stoep naar de voordeur. Hij was te breed. En de trap op zou me ook niet lukken.

Ik drukte op Olivers bel. Geen gehoor. Mijn vinger aarzelde bij die van Wim en Maria, ik bedacht me en drukte op die van João. Boven mijn hoofd ging een raam open en Miriam keek naar buiten.

'Weet je of João een takelblok heeft?' Ik wees op de stoel.

Haar hoofd verdween en even later verscheen dat van João uit het raam. 'Ja, heb ik, ergens. Kan het wachten tot morgen?'

'Nou, niet echt.'

'O, ik zie het al. Goed, ik zal even zoeken.'

Ik ging zitten en even later kwam Miriam naar beneden. 'João heeft me gestuurd om het over te nemen, dan kun jij hem helpen om het raam uit de sponning te halen. En daarna kun je een kop koffie bij me komen drinken. En bij João', voegde ze eraan toe. Ik was ontroerd. Tot nu toe was ze niet verder gekomen dan haar verlegen lachje en een goedemorgen.

Ik ging naar boven en João en ik tilden mijn raam eruit en hingen het takelblok op aan de haak erboven. Hij liep weer naar beneden naar de straat, bond een uiteinde van het touw om de stoel en gaf het andere eind aan Miriam. 'Klaar?'

'Ja.' Het was beter geweest als er ook nog iemand aan mijn kant had gestaan, maar hoe minder mensen mijn burcht zagen, hoe lekkerder ik me voelde. De stoel balanceerde op de vensterbank, ik stabiliseerde hem en liet hem op de grond zakken, haalde het touw los, en maakte het toen vast om mijn andere stoel en tilde die in de vensterbank. 'Wil je me helpen deze naar beneden te halen?'

'Doe je hem weg?' riep João naar boven.

'Ja.'

'Mirjam wil hem misschien wel.'

'Goed.' Waarom zou ik mijn kamer volproppen met spullen als ik toch maar alleen was?

20

'Alice Lee.'
'Alice Lee.'
'Alice Lee', mompelde ik, terwijl ik de ronde deed langs de kring van stoelen, en de ene hand na de andere schudde om me voor te stellen aan de overige gasten van Marius. Om mij de gelegenheid daartoe te geven, trokken ze hun benen in, balanceerden hun koffie en taartbordje in één hand, en mompelden op hun beurt hun naam.

'Hé, hallo.' Eindelijk een gezicht dat ik kende. Ik had er wel meer kunnen kennen, want dit was de standaardmix van familie en oude vrienden en ik was al vaker geweest. Maar niet elk jaar en relatief gezien, was ik de onbekende.

Er waren nog twee stoelen vrij in de kring. Ik pakte koffie van de tafel en ging zitten.

'Alsjeblieft.' Marius' vriendin bracht me een glanzend stuk kersentaart, met een warme glimlach. 'Leuk dat je kon komen.'

'Dank je.' Ik stak mijn vork erin en nam een hap, en stemde af op de rustige conversatie. Hoe goed je de taal ook kent, toch ontgaat je op dit soort momenten veel. Ik voelde me onbeholpen, een buitenstaander; ik was ervan overtuigd dat het alleen aan mij lag. 'Waar kent u Marius van?' vroeg ik aan de man links naast me toen de conversatie even stokte. Het was een vraag die meestal wel werkte, maar dit keer niet.

'We hebben samen op school gezeten', en hij draaide meteen weg om op een andere opmerking te reageren. Ik plakte een glimlach op mijn gezicht en hield die daar. Het was een opluchting toen het stadium van koffie en taart voorbij was. Door het verzamelen van de kopjes en het inschenken van de wijn, wisselden mensen van plaats en werden ze wat spraakzamer. Ik haalde diep adem en wendde me tot de tante naast me, die net klaar was met een tirade over de gevolgen van hinderlijke wegwerkzaamheden. Ze was van de zestig-plus generatie: keurig kapsel, felle lippenstift en zwartomlijnde ogen, een flinke laag make-up op haar zonnebankgezicht, en verder een lange zijden sjaal die langs haar jasje naar beneden viel, oorbellen en een tas. Zo'n type dat een grote directheid met schelle stem kracht bij zet.

'U bent dus kunsthistorica?' vroeg ze. Ze liet een rode afdruk achter op haar glas toen ze haar eerste slok nam. 'Alstublieft.'

Ik pakte een paar chips uit de schaal die ze me voorhield. 'Nee,' antwoordde ik haastig, 'ik werk bij Classis bij Marius, telefoontjes aannemen en zo.'

'Heus?' Ze keek teleurgesteld. 'Marius!' riep ze, 'ik dacht dat je zei dat ze kunsthistorica was.'

'Is ze ook. Dat ben je toch?' riep hij terug. 'Dat heb je zelf verteld.'

'Ach ja,' en mijn gezicht klaarde op, 'da's waar ook.' Ik wendde me weer tot de tante. 'Maar niet echt kunsthistorica. Ik studeer kunstgeschiedenis, meer niet', corrigeerde ik, vasthoudend aan mijn eerdere leugen.

'Dat heb ik ook een paar jaar gedaan', zei ze. 'Ik vond het heerlijk. Héérlijk.'

Ze leunde voorover voor meer chips, je kon diep in haar gebruinde decolleté kijken. 'Ik zou er beslist mee doorgegaan zijn, maar ik had echt geen tijd. Ik benijd u. Vertelt u eens wat uw speciale aandacht heeft.'

'Barnett Newman.'

'Moet ik die kennen?'

'Hij is degene met die kleuren en lijnen in het Stedelijk.'

'Fascinerend', spon ze. 'En houdt u van zijn werk?'

'Nou ja, ik...' ik wist even niet wat te zeggen. Natuurlijk hield ik er niet van. Verdere uitleg was niet nodig, want Stella kwam binnen, en de conversatie stagneerde terwijl zij de ronde deed langs de kring.

'Ha, Marius, nog eens gefeliciteerd.' Zoen, zoen, zoen, een op iedere wang en een extra. 'Hallo, Eva, gelukgewenst. Alice, hoi. Is deze stoel vrij?'

De man aan mijn andere kant was ongemerkt naar de wc gegaan.

'Ja hoor.'

Ze ging zitten en begon een gesprek met de tante, dat geanimeerd werd toen ze erachter kwamen dat ze gemeenschappelijke kennissen hadden. Ik leunde achterover en luisterde half.

Ik kon Stella best naar John Lowton vragen, bedacht ik. Heel terloops.

'Ken je die Engelsman, die Schot, wat hij ook zijn mag, die een paar keer bij Koos is geweest?' viel ik hen veel te onbehouwen in de rede.

'John Lowton?' Ze keek verbaasd. Ik had een beter moment moeten afwachten. 'Bedoel je die?' Ze nipte van haar wijn.

Ik knikte. Het had geen zin om nu terug te krabbelen. 'Woont hij in Londen?' Ik wou het weten. 'Waarom komt hij zo vaak bij Koos? Andere schrijvers doen dat niet.'

'Dit is een ander geval. Het is Koos' lievelingsproject en hij wil dat het goed wordt, dat willen ze allebei. Het is ontzettend saai, iets met richtlijnen over belastingen en recht, en ze moeten vaak overleggen.'

De tante stond op en liep weg.

'Is hij journalist?' vroeg ik, en ik deed mijn best om echt achteloos te klinken.

'Zou kunnen. Ik weet het niet. Hoezo?'

'O, gewoon nieuwsgierig.'

'Je valt op hem, hè?'

Ik was in verwarring gebracht.

'Alice, je bloost.'

Dat deed ik inderdaad, ik voelde het. Ik stond op om nog wat wijn te halen. Ze kon wel eens gelijk hebben.

21

Hoe volg je iemand als je niet weet hoe je hem vinden moet? Ik maakte een flinke sandwich met geitenkaas in een bed van druipende honing en nam die mee de stad in, waar ik aan de gracht ging zitten net voorbij café Gabo, met mijn benen naar beneden bengelend en kijkend naar de eenden. Ik dacht na over Sams advies en kwam geen stap verder.

'*In Italia seicento quaranta...*' schalde het achter me en verschrikt vlogen de duiven op. Ik keek om. Een werkman stond aan de rand van een sleuf met zijn hoofd achterover naar de zon gewend, terwijl zijn maten beneden aan zijn voeten kabels aan het leggen waren.

'*In Almagna duecento trentura, cento in Francia, in Turchia novantuna...*' zong hij uit volle borst.

Maar goed, wat als ik hem nu eens wel vond?

Er voer een rondvaartboot voorbij en een reeks cameralenzen wees in mijn richting. Ik dook met mijn hoofd naar beneden en likte de honing van mijn vingers, krabbelde overeind en struikelde bij de openliggende sleuf; en ik zou erin getuimeld zijn als de bariton me niet galant een hand had gereikt, onder gejuich van zijn makkers. 'De plank is daar, schat', merkte hij ten overvloede op, en ik liep eroverheen naar het café, terwijl hij weer losbarstte: *'Ma in Espagna, ma in Espagna...'*

'Hou op met die herrie en werk door!' brulde de voorman.

'Son già mille e tre...' vervolgde onze 'Leporello', de aria voltooiend voor ik hem door het open raam van het café weer in de sleuf zag springen. Ik zuchtte en staarde naar het papier van de krant die ik voor me op de tafel had uitgespreid. Ik klokte de rest van mijn koffie naar binnen en liep weer naar buiten, naar het Stedelijk. Dit was tenslotte de plek waar ik hem voor het eerst had gezien. De werklui droegen kniebeschermers en waren bezig het trottoir weer dicht te leggen, ze tikten de klinkers op hun plek in een visgraatpatroon, snel en behendig.

Er stond een luidruchtige groep tieners bij de ingang van het museum. Een handjevol dames op leeftijd deed hun best om niet afkeurend te kijken.

'Je moet betalen.' Een grijsgelokte dame, volumineus in haar turquoise mantelpak, pakte het kaartje aan van de garderobejuffrouw en stootte haar vriendin aan.

'Betaal jij?'

'Ik niet,' viel een derde in, 'er staat nergens dat het moet.'

'Maar er staat een schoteltje op de toonbank. Kijk dan,' zei het turquoise mantelpak weer tegen nummer een, 'je moet betalen, echt.'

'Kan wel zijn, ik doe het niet.'

'Heb jij niet betaald?' vroeg het turquoise mantelpak aan degene die zweeg, en ze kreeg geen antwoord. Haar achterste drilde achter haar aan toen ze onzeker van de garderobe wegliep, achter haar zelfverzekerder vriendinnen aan.

Op de trap passeerde ik hen en ik liep de eerste zaal binnen, vol met tieners. 'Is dit ook kunst?' vroeg er een aan haar vriendinnetje op het moment dat ik langs kwam, verbaasd over blokken en deuren van vezelplaat, kunstig op elkaar gestapeld. Andere vormen stonden uitgestald in de volgende zalen, als massieve, uitgesneden figuren. Een tentoonstelling van met zorg vervaardigde nieuwe rotzooi die er oud moest uitzien, een speciale tentoonstelling in plaats van de vaste collectie. Ik kon mijn Newmans niet vinden. Die waren opgeborgen. Het werkte nogal desoriënterend. Ik betrapte mezelf op het kijken naar schoenen, en ik hield er gauw mee op. Ik had geen zin meer in dat spelletje.

Ik vond de enige bank die nog over was in de hoofdzalen en ging zitten naast twee schoolkinderen. Vaste exposities waren wel eerder veranderd. Maar nog nooit hadden de zalen er zo weinig vertrouwd uitgezien. Aan de muren rondom hingen heldere kleurvlakken, ingelijst, en in een rij geplaatst. Ik luisterde naar de tieners die het over het kapsel van hun lerares hadden. Even later verscheen de groep dames op leeftijd.

'Maar even serieus, wat vind je hiervan?' vroeg het turquoise mantelpak, plukkend aan de mouw van haar vriendin.

'Ik zie dit liever dan die landschappen.'

'Welke landschappen? Ik heb er geen gezien', zei ze verbaasd. Ik ook niet. Het turquoise pak liep naar het bijschrift op de muur. 'Deze heet *Grace Kelly*.'

'En toch zou ik liever dit aan mijn muur hebben dan die landschappen.'

Het turquoise mantelpak keek ongelukkig. Ze wierp een verlangende blik op de bank. Ik zag hoe dik en gezwollen haar voeten waren, bood haar mijn plaats aan en dwaalde verder.

In de hoekzaal was een jongeman aan een tafel bezig strookjes uit te knippen, verfpotten opgestapeld om hem heen, en daar weer omheen een groep jongere schoolkinderen. Ze luisterden terwijl hij in het Engels uitlegde: 'Ik doop een denkbeeldig penseel in een van deze potten. Dan schilder ik een vlak, maar dat is in mijn verbeelding.' Hij ging door met knippen.

'Hij knipt heel precies', was het beleefde commentaar van een jongetje, de stilte verbrekend.

'Wat zegt hij?' vroeg de kunstenaar aan de leraar.

'Hij is onder de indruk van uw vaardigheid. Van uw knipwerk.'

'Dank je.' De jonge kunstenaar boog naar de jongen. 'Het is mijn beroep.'

'Niet lopen over...'

'Wat?'

'Geeft niet.' De suppoost glimlachte naar me. 'Ik probeerde tegen u te zeggen dat u niet mocht lopen over... eh... maar ik was te laat.'

Ik keek naar mijn voeten. Die stonden net bij de rand van een roodgeverfd vierkant op de vloer. 'Sorry, ik had het niet gezien; ik luisterde.'

'Echt waar?' zei ze.

'Kunt u me vertellen waar dingen als muesli staan?' vroeg ik aan een winkeljongen die bezig was pakken van zijn grote kar op een plank te stapelen. Mijn favoriete muesli was de enige reden om naar de grote supermarkt te gaan, en wc-papier. Ik heb de pest aan supermarkten met hun kringlooplucht en gebrek aan enthousiasme. Ik baal dat ik er de muesli die ik lekker vind, niet kan vinden omdat ze hem weer ergens anders gezet hebben.

'Daar', gromde hij.

Ik volgde bij benadering de richting van de grom en vond daar de pasta's. Er was geen andere bediende te bekennen, dus liep ik weer terug en probeerde het opnieuw. Hij was pakken aan het prijzen.

'Het spijt me,' slijmde ik, 'maar zou u me nog één keer willen zeggen waar het staat?'

'Wat staat?' Zijn aandacht was bij de pakken.

Even had ik de neiging om ze uit zijn handen te meppen.

'Muesli', zei ik langzaam en duidelijk.

Thee, beloofde ik mezelf, thee en toost wanneer ik thuiskwam, en mijn boek, en meteen voelde ik me minder ongeduldig.

Een diepe zucht dat ik hem stoorde en hij klikte nog een prijsje op een pak.

'Achter u, aan de andere kant, ertegenover.'

Ik wachtte voor het geval hij nog nadere uitleg zou geven, bedankte hem en ging op zoek, en zo waar. Wc-papier was een minder groot probleem; dat lag altijd ergens aan het einde van de gangpaden op weg naar de kassa's. Ik kiepte een voordeelpak in mijn kar en draaide me om. Toen zag ik ze aan het andere einde voorbijschuiven. Gele schoenen.

Ik liep het hele gangpad door, maar er was niemand bij de

koelafdeling. Ik liep het volgende gangpad in en knalde bijna tegen twee enorme karren op die de doorgang versperden. In het volgende gangpad zag ik alleen maar vrouwen. In het derde net zo. Ik rende weer terug naar het eerste. Niets te zien. Ik gaf het op en liep naar de kassa. Een van de meisjes gaf me een warme glimlach, een echte glimlach. Haar kassa koos ik.

Ik had een prikkelend gevoel in mijn nekharen. Ik keek naar de vloer. Ik verstijfde. Die schoenen. Hij stond achter me in de rij bij de kassa.

'Air miles?' vroeg het glimlachende meisje, 'bonuspunten?'
'Eh, nee', antwoordde ik, zenuwachtig.

Ze schoof mijn spullen door alsof mijn vier pakken muesli en het voordeelpak wc-papier een hele kar vol boodschappen waren.

Ik betaalde en liep naar het einde van de band om mijn spullen te pakken, mijn hoofd strak afgewend. Snel liep ik de supermarkt uit, propte de boodschappen in mijn fietstassen en maakte het slot los. Buiten in de frisse lucht wachtte ik, klaar nu en vastbesloten om hem te volgen.

Maar hij kwam niet naar buiten.

Ik herinnerde me de andere uitgang aan de hoofdweg en fietste er snel heen. Hij was nergens te bekennen.

Daar stond ik dan met al mijn vastberadenheid. De volgende keer zou ik niet zo'n lafaard zijn. Ik zou hem recht in zijn gezicht kijken.

22

'Weet je hoe ver die computervent is gekomen?' Paul stond in de deuropening.

'Verkoop, de laatste keer dat ik gekeken heb', antwoordde Eric.

'Kun je hem even halen? Die rotcomputer doet het weer niet. Dat nieuwe systeem is een ramp.'

Eric hief zijn handen ten hemel. 'Of de mensen die ermee werken', kaatste hij terug, terwijl hij de deur uitliep met nadrukkelijk veerkrachtige tred, zijn recent getrimde hoofd miste maar net het deurkozijn.

Elke keer dat de telefoon ging, dacht ik dat het Gele Schoenen zou kunnen zijn. Elke keer dat de deurbel ging verwachtte ik hem te zien binnenkomen.

Toen Eric terugkwam, was de rust weergekeerd, was ik wat laconieker, en kwam Marius net binnen met twee koffie. Hij keek nors naar de vensterbank. 'Wie heeft er bedacht om daar planten neer te zetten? Jij soms, of Ellen of Eric?'

'Stella', antwoordde ik.

'Had ik kunnen weten. Ze zou van een varkensstal nog iets

knus maken. En waar moet ik nu zitten?'

'Het was Stella's idee, maar ik heb de planten uitgekozen', Eric klonk gekrenkt. 'Ik ben er speciaal voor naar de bloemenmarkt gegaan. Vind je ze niet mooi?'

Marius gaf geen antwoord.

'Hier.' Ik duwde de reservestoel naar hem toe.

'Ik zit liever in de vensterbank', bromde hij, maar hij ging wel zitten. 'Kom je op de sf-borrel donderdag?'

'Je moet beslist komen', beaamde Eric. 'Gisteren toen je er niet was, heb ik de happen besteld. Geweldig. Allerlei doodenge hapjes.'

'Uitgeverij Classis, goedemorgen.'

'Als Koos heeft gezegd dat hij zal terugbellen, doet hij dat ook', suste ik de auteur aan de lijn. 'Hij is er op het ogenblik niet. Ja... Ja, ik zal het zeggen.' Ik verbrak de verbinding.

'Waar is Koos toch?' vroeg Marius. 'Hij is al de hele morgen weg. Ik heb zijn fiat nodig voor een begroting. Hij was degene die zei dat het dringend was.'

Ik belde Stella om erachter te komen wanneer hij terug zou zijn.

'Hij wist het nog niet precies', zei ze. 'Hij is naar Den Haag met die Engelsman.'

'Hij is naar Den Haag', herhaalde ik naar Marius, en ik dwong mijn stem neutraal te klinken, ook al ging mijn hart nog zo tekeer.

'Je ziet eruit alsof je griep krijgt.'

Ik negeerde Marius' opmerking. 'Enge hapjes?' vroeg ik aan Eric, 'vertel eens.'

'Net sciencefiction, walgelijk voer, alles blauw en zwart en felgroen. Zwarte chips, zompige ogen gemaakt van olijven en eieren, UFO-sandwiches, kleine-groene-mannetjes van gevulde komkommer, crackers die eruitzien als marsmannetjeshoofden.' Eric trok mijn notitieblok naar zich toe en tekende een hoofd met ogen op steeltjes. 'Cateringbedrijven vinden dat enig. Het is weer eens wat anders. Kom je?'

'Ik denk van wel.' Het kostte me moeite om rustig te blijven zitten.

'Er komt ook een waarzegster', voegde Marius eraan toe. 'Ze schijnt geweldig te zijn.'

'Een echte waarzegster, bedoel je, of een acteur die doet alsof?'

'Nee, een echte helderziende. Hanna heeft haar ontdekt op een feest.' Marius leegde zijn koffiedrab in de bloempot. 'Ze vertelde dat ze voor haar in de rij stonden, zo goed is ze. Het was eng hoeveel de vrouw wel niet van Hanna leek te weten. We schuiven de bureaus en de computers in Lisa's kantoor in een hoek en behangen de kamer met lakens, gekleurde, zodat het lijkt alsof je een tent binnengaat. Het wordt echt te gek.'

Ik wist nu al dat ik op de dag van het feest, die toevallig mijn vrije dag was, maagpijn zou hebben en de 'pret' zou mislopen.

23

Halverwege mijn paasontbijt keek ik op de klok. Tien uur. Ik likte mijn vingers af, dronk koffie uit de beker in mijn linkerhand, terwijl ik met de rechter een jurk van de hanger haalde. Nam nog een stuk chocola en pakte een panty. Zette de beker neer en kleedde me vlug aan. Nog een stuk, een slok koffie, schoenen aan, jas aan, laatste stuk, laatste slok en ik was op weg.

De ouderling die dienst had bij de kerkdeur en het liturgieblad voor de paasdienst uitdeelde, had zijn jas nog aan, maar binnen was het warm door de menigte mensen. Ik stond even stil bij de ingang en liep toen langzaam door de middengang, speurend naar een plekje in een kerkbank. Het zou leuk geweest zijn om mijn arme gevangenispredikant hier uit te nodigen. Die afgeladen kerk zou hem deugd gedaan hebben. Een vrouw schoof op om ruimte voor me te maken. Ze reikte me onder het zingen haar opengeslagen gezangenboek aan, pakte een ander en sloeg het open, en zong, net als alle anderen:

'My Love, the Crucified
Hath sprung to life this morrow.'

Dat maakte het makkelijk om in te vallen: *'But now hath Christ arisen, arisen, arisen...'*

'Ari-i-i-i-i-i-i-isen', zong ik.

Er was een doop. Ik zat te ver naar achter om het goed te kunnen zien, maar toen we gingen staan om een zegen voor de baby te zingen, liep de dominee met het kindje in zijn armen de kerk rond om het te laten zien. Hij naderde onze bank en ik keek.

Bruin haar, en blauwe ogen in het kleine snoetje vingen de mijne.

'The Lord bless you and keep you,
The Lord make his face to shine...'

Ik kreeg een brok in mijn keel en kon niet verder zingen. Ik staarde naar het kind dat lachte naar de dominee.

'... upon you and give you peace', zong de gemeente.

Ik keek om, een dwaze blik op mijn gezicht, en volgde dat donkere hoofdje in de armen van de dominee terwijl hij verderliep naar achter in de kerk.

John Lowton zat aan de andere kant van het gangpad, twee banken achter me.

Ik keerde me weer naar mijn gezangenboek. Niemand gedroeg zich alsof er zich in mij een verandering voltrok. Ik voelde een warme stroom door me heen gaan. Heel veel mensen die de rest van het jaar niet naar de kerk gingen, gingen wel met Kerstmis en Pasen. Ik was er zo een. Hij ook. Meer niet.

'Het is makkelijker om God te vinden op de top van een

berg,' zei de dominee vanaf de kansel, 'dan in een verkeersopstopping in het hart van de stad. Het is makkelijker om God te ervaren in de glimlach van een kind dan in de stinkende adem van een alcoholist.' Ik probeerde te luisteren, probeerde het echt. Maar het kostte me moeite.

Voorzichtig keek ik om. John Lowtons ogen waren omhoog gericht naar een van de kerkramen. Waren we dan soms allemaal verzinsels van Gods verbeelding? Als dat zo was, dan deed het er niet toe, wat wij ook deden.

Een echtpaar in de bank achter mij keek ongemakkelijk, wat niet gek was gezien de manier waarop ik zat te staren.

'Zij konden geen woorden vinden om uit te drukken wat zij hadden ervaren; het was, zeiden zij, alsof...'

De woorden van de dominee werden verdrongen. De nagels van de vrouw naast me waren lang en gebogen als de klauwen van een kat, en knalrood, bloedrood.

Ik voelde ze over mijn gezicht.

Ik schoof een eindje weg. Slikte moeizaam. Dit was mal. Ik zat in de kerk. God de Grote Verbeelder. En ik bijgevolg een marionet in Gods spel, mijn hoofd omhooggetrokken, rug recht, ledematen gedrapeerd op de houten bank, zittend, hier. Ik luisterde.

'De tsaar had gelijk. Het doel van religie is bovenal om ons van onszelf weg te voeren naar de hemel.'

Voor mij werkte dat niet. Eigen schuld. Mea culpa.

Eindelijk was de preek afgelopen. Een gezang. Gebeden, voor anderen. Collecte. Ik wou dat de dienst voorbij was, ik keek niet meer om. De zegen. Het koor schreed door het middenpad, de dominee als hekkensluiter, het orgel speelde, en ten slotte stroomden de banken leeg in het gangpad.

Met een slakkengang bewogen we in de richting van de dominee die bij de deur stond en iedereen bij vertrek de hand schudde.

Ergens verderop bespeurde ik zíjn achterhoofd.

'Ik ben Anthea, hallo.' De vrouw die me haar gezangenboek gegeven had, die van de nagels, stelde zich voor terwijl we verder schuifelden. Ze was leuk om te zien, Filipijnse, gokte ik, en ongevaarlijk. Mijn linkervoet schoof naar voren. 'Dit is voor mij de eerste keer hier. Is het ook uw eerste keer?'

'Dat niet, maar ik ga niet vaak.'

'Het was een mooie dienst, vindt u niet?' sprak ze haperend. 'Ik vind het fijn om hier te zijn. Waar woont u?'

'In Amsterdam.' Let op je antwoorden. Weer een stap gewonnen. John Lowton was bijna bij de dominee. 'Woont u hier ook?' vroeg ik, om verdere vragen te voorkomen, en intussen schuifelde de rij voort door het gangpad.

'Ja. Ik ben op zoek naar werk bij een bank', vertelde ze. 'Mijn man is Nederlander en ik leer…'

Hij schudde de dominee de hand. Nu.

'… eens per jaar, toch?'

Ik knikte, ik reageerde alleen op de toonhoogte van haar stem. Hij stond buiten, in het zonlicht. Hij sloeg rechtsaf.

De dominee pakte mijn hand en schudde die. 'Heb ik u niet eerder gezien?'

Ik glimlachte en zei ja, en dat ik nog eens zou komen, ik zei de Filipijnse goedendag en was de kerk uit.

Hij was verdwenen.

Ik zigzagde door de groepjes mensen die in de zon stonden te praten, beschut door het hofje tegen de koude wind, ik liep het Begijnhof door, de drie treden op aan het einde en de Schuttersgalerij in. De deuren zoefden open om mij binnen te laten op het moment dat de deuren aan het andere einde, zo'n vijftig meter verderop, hem doorlieten. De suppoost klikte zijn teller toen ik langsliep; nog een bezoeker. Aan het einde van de galerij aarzelde ik. Er waren twee binnenplaatsen, een links en een rechts, maar hij kon ook rechtdoor gegaan zijn, door de poort.

'Zoekt u soms de koffiekamer?' Een echtpaar had me ingehaald. Ik keek ze kennelijk nogal stuurs aan, want ze aarzelden. Toen sprak de vrouw: 'Ik dacht alleen maar dat ik u in de kerk had gezien daarnet, en u zag er verloren uit. We vroegen ons af of u misschien met ons mee zou willen naar de koffiekamer voor een kopje koffie.'

Ik schudde van nee. 'Heel vriendelijk van u, maar nee, dank u wel.'

Ik sloeg resoluut rechtsaf om niet dezelfde kant op te gaan als zij, door de poort. John Lowton was nergens te bekennen, niet aan een van de cafétafels op de binnenplaats ook niet binnen in het café. Het was onbegonnen werk. Hij kon inmiddels overal zijn. Ik slenterde terug naar de binnenplaats waar een vrouw bezig was haar viool uit te pakken en een muziekstandaard op te zetten. Ik liep naar een stenen bank, stopte mijn handen in mijn zakken en hief mijn gezicht naar de zon, in een poging mijn frustratie de baas te worden. En toen ze begon te spelen, iets baroks, sloot ik mijn ogen.

Ik hoorde een groep mensen vanuit het Begijnhof langslopen en stilstaan om te luisteren. Weer anderen kwamen binnendruppelen van de andere kant. Er ging iemand naast me zitten en de muziek speelde verder.

Na een poosje deed ik mijn ogen open. John Lowton zat naast me.

Onze blikken kruisten elkaar en dwaalden weer af. Ik sloot mijn ogen weer. We luisterden in stilte. Het was krankzinnig; nu hij daar zat, voelde het alsof er een zware, plakkerige laag over me heen werd gegoten, die mijn ledematen verlamde, het onmogelijk maakte om te bewegen of geluid voort te brengen. De violiste was aan het einde van haar stuk. Ik keek, hij zat er nog steeds.

'Prachtig', zei hij.

'Mmm.'

'Wat zou ik graag zo spelen.'

Ik vocht tegen dat zware gevoel. 'Hoezo? Ik bedoel, speelt u dan?' Ik sprak voor me uit net als hij had gedaan, de stilte verbrekend die weer tussen ons gevallen was.

Hij schudde van nee. 'Wilde alleen maar dat ik het kon.'

De violiste begon weer. Een fuga van Bach, meende ik.

'Dit is een van mijn favoriete stukken', zei hij. Hij schraapte zijn keel. 'Heb ik u niet eerder gezien?' Zijn stem plotseling minder neutraal.

Ik knikte. 'Daarnet. Ik zag u in de kerk.'

'Ja.' Hij sloeg een been over het andere. Toen weer terug. 'Maar ik bedoel daarvoor.'

'Uitgeverij Classis.' Ik wendde mijn gezicht half naar hem toe.

Diepliggende ogen keken me onderzoekend aan, moe en somber. Een boeiend gezicht. De oorzaak van mijn verontrusting. We keken beiden weer de andere kant op en ik concentreerde me op het stijgen en dalen van de fuga, voerde mezelf terug naar het leven.

'Waarom bent u me gevolgd?' wilde ik weten, toen de laatste noot verklonken was.

Het geklap stierf weg. 'Waarom bent u me gevolgd?' herhaalde ik mijn vraag, wat minder zelfverzekerd.

Hij schudde even snel zijn hoofd. 'U klinkt boos.'

'Ja.' Maar boos was niet het juiste woord. 'Wie bent u?'

'John Lowton,' zei hij verbaasd, 'ik dacht dat u dat wist.'

Ik bedoelde niet zijn naam.

'U hebt me aangekondigd bij Classis. Het spijt me', zei hij, zichzelf weer onder controle. 'Wat onbeleefd van me. Ik ben John Lowton.'

Hij had nog steeds geen antwoord op mijn vraag gegeven.

'Alice Lee', zei ik. Hij stak zijn hand uit en ik schudde die. Een warme hand, dikke vingers. Ik had geen zin om hem los te laten.

'Je bent dus wel Engels.' Hij sprak vrijwel in zichzelf.

Vanuit een wankel begin bouw je zoiets als een nieuw leven op. Een goed leven, met niet te veel eisen, veilig, plezierig, vrienden op jouw voorwaarden. Begrensd door mijn kamer, kantoor, musea en cafés. Er kunnen jaren voorbijgaan. En dan. Ineens. Ik wilde niet dat het verstoord werd. Maar dat is het al, fluisterde een innerlijke stem. Eén man.

'Alice Lee', herhaalde hij, terwijl hij de hand die ik had uitgestoken vasthield alsof het een exemplaar uit een laboratorium was. Hij keek weer naar mijn gezicht, peinzend. 'Ik ga iets drinken. Mag ik je uitnodigen?'

Ik keek naar zijn voeten, om tijd te winnen. 'Geen gele schoenen vandaag?' Wat een belachelijk iets om te zeggen. Ik voelde dat ik bloosde.

'Mijn Doc Martens? Nee.' Hij glimlachte langzaam. 'Misschien niet zo passend voor de kerk.'

'Misschien wel nooit', mompelde ik.

'Vind je ze niet leuk?'

Nu was ik echt in verlegenheid. 'Ze zijn... prachtig.'

'Maar?' Hij kwam overeind.

'Maar niets.' Gegeneerd over mijn uitbarsting, probeerde ik eroverheen te praten. 'Ze zijn wel erg knal, vind je ook niet?'

'Ben ik zo saai?' Hij lachte naar me.

Dit was afschuwelijk; ik groef een steeds diepere kuil voor mezelf. Hij was beslist niet saai; op zijn minst gezegd, intrigerend, en op zijn hoogst... 'Nee, nee', protesteerde ik, ook opstaand.

'Ach, we hebben allemaal zo onze momenten. Maar om eerlijk te zijn, iemand heeft me overgehaald om ze te kopen. En ik vind ze leuk. Ze zijn erg praktisch. Misschien hou je gewoon niet van geel.'

Ik schudde mijn hoofd. Ik volgde hem naar de andere binnenplaats, en toen ik langs de violiste kwam, gooide ik een munt in de open vioolkist, voor geluk, het mijne. Toen de ober kwam, bestelde ik koffie; ik had niet het gevoel dat ik tegen alcohol zou kunnen op dat moment. Twee jongens waren dwars over de binnenplaats aan het frisbeeën met een bierviltje; hun kleine broertje kwam ook meedoen, hij kraaide van pret en stuurde het hele spel in de war, tot de moeder hen streng beval om op te houden.

'Er zit geen vergif in.'

'Wat?' zei ik verdwaasd.

'De koffie. Er zit geen vergif in.'

Ik had niet gemerkt dat hij er al stond. Ik pakte het kopje en nam een slok.

'Ik ben naar je huis gegaan.'

Ik zette het kopje naast het schoteltje. Dus hij was het inderdaad geweest. Het lepeltje kletterde op de grond. 'Waarom?'

'Ik kwam je steeds tegen. Bij toeval. Gezichten vergeet ik niet..' Hij raapte het lepeltje op en gaf het aan mij. 'Ik werd nieuwsgierig.'

'Wie had je mijn adres gegeven?'

'Niemand.' Zijn ogen dwaalden even af, naar een mus die taartkruimels zat te pikken op de rand van een bordje op de tafel ernaast. 'Ik zag het op het pakje. Ik heb een fotografisch geheugen, vandaar.'

Natuurlijk, het postkantoor. Ik bestudeerde zijn gezicht nogmaals. Krachtig. Machiavellistisch? Wellicht. Ik keek omhoog naar de boom, frisse, jonge blaadjes lentegroen.

'Heb ik gelijk, we hebben elkaar toch eerder ontmoet?' smeekte hij bijna.

'Ik denk dat ik je gewoon aan iemand doe denken. Zo is dat nu eenmaal met mij', zei ik.

'Hoelang woon je hier al?'

'Hoor eens,' zei ik, 'waarom al die vragen? Eerst volg je me, dan stel je vragen, waarom kunnen we niet gewoon iets samen drinken?'

'Ik heb je niet gevolgd', zei hij koppig. 'Hoelang?'

'Vijf jaar', antwoordde ik, bliksemsnel, het afgesleten leugentje.

'En al die tijd heb je bij Classis gewerkt?'

'Hhmm.'

'Het komt me zo onwaarschijnlijk voor.' Hij peuterde aan zijn oor.

'Wat?'

'Jij.'

'Hoor eens, ik moet gaan.' Ik liet hem zitten, koffiekopje halverwege zijn mond.

Ik ging naar huis en klopte op Olivers deur.

Geen gehoor.

Ik probeerde João. Geen João. Zelfs geen Miriam.

Ik maakte een wandeling door het park en probeerde toen nog eens. Niemand.

En dat was het moment waarop ik weer op zoek ging naar Sam. Ik trof hem achter rookwolken verscholen in zijn stamcafé.

'Wil je iets drinken?'

Ik schudde van nee.

Zijn ogen gleden even over me heen voor ik de lege stoel naast hem pakte en ging zitten. Hij keerde zich weer naar zijn metgezel.

Ik had mijn jas nog aan. Ik maakte geen aanstalten om hem uit te doen. Ik wachtte.

Eindelijk kwam hij overeind. 'Kom op.'

Ik ging ook staan.

Hij sloeg een arm om me heen toen we buiten in de frisse

lucht kwamen. 'Zal ik met je mee gaan? Wil je dat?'

Ik knikte. Het was zo lang geleden dat iemand me in zijn armen gehouden had. Ik verlangde er heel erg naar, zo erg dat ik niet kon wachten. Ik verlangde naar de aanraking van huid tegen warme huid, van een lichaam om het mijne. We waren in een mum van tijd bij mijn huis en de trap op en in mijn appartement. Het vasthouden werd seks, zwijgend, ondubbelzinnig en troostend, en ik viel in slaap in de holte van zijn nek.

'Die vent over wie je het had, volgt die je nog steeds?'

Sam zat rechtop in bed. Hij reikte naar het glas wijn dat ik voor hem had ingeschonken.

Ik trok een spijkerbroek aan en een trui en plofte naast hem neer op het matras.

'Valt hij je lastig?'

Ik nam een slok uit zijn glas.

'Moet ik hem onder handen nemen?'

Ik was verbaasd en schoot in de lach. Ik had wijn in mijn mond en die kon ik niet doorslikken. Die ging mijn neus in en ik lachte en proestte en probeerde er geen puinhoop van te maken, en Sam lachte met me mee, een daverende lach die het matras deed schudden.

En ik huilde.

'Hé.' Hij legde zijn hand tegen mijn wang. 'Wat is het, meisie? Wat heeft die man je gedaan?'

Ik schudde mijn hoofd en haalde zijn hand weg. 'Niets.' Nog niet. Ik wist het niet.

Ik kwam overeind en liep naar het raam en staarde naar buiten. In het huis tegenover zaten twee kinderen elkaar achterna door de kamer, ze doken weg achter de stoelen en de televisie, hun mond open in kreten die ik niet kon horen.

'Het spijt me, Sam,' zei ik, mijn rug naar hem toe, 'wil je alsjeblieft weggaan?'

Hij gaf geen antwoord. Achter me hoorde ik de geluiden van aankleden. Een hand pakte mijn schouder en ik liet er mijn natte wang tegen rusten. 'Dank je.'

'Pas goed op jezelf.' Hij gaf me een zoen en vertrok.

Eens, toen ik net verliefd was op David, lag ik in een warm bad. Toen ben ik buiten mezelf getreden, zomaar, in iets als een grote, omarmende ruimte waar geen einde aan kwam. Het was iets zonder toekomst en zonder herinnering. Een staat van gelukzaligheid die niet te beschrijven viel. Hij bestond alleen maar. Ik weet niet hoelang ik erin verkeerd heb. Toen ik weer tot mezelf kwam, was het water koud en had ik me nog niet gewassen.

Ik ben nooit meer verliefd geworden. Dat doe je toch maar één keer? Ik haal seks en liefde nooit door elkaar, het is niet hetzelfde.

24

'De schouwburg in Antwerpen wil honderd boeken voor Emile Kadman, om te signeren na de voorstelling. Ze hebben zojuist gebeld. En we hebben minder dan vier uur om ze daar te krijgen!' Een zenuwtrekje danste op Simons wang.

'Hebben we er honderd in huis?' vroeg Hanna, terwijl ze een stapel pakketten op de grond zette.

'Nee dus! Tot nu toe heb ik er maar achtentwintig gevonden, en het is te laat voor het Centraal Boekhuis. Kun je even bellen om een supersnelle koerier, Alice? En dan ook echt een supersnelle, en niet zo'n twee-uur-te-late als vorige keer!'

'Budget, Simon, budget!' klonk spottend de vermaning van Stella, die achter Hanna aan binnenkwam met post. 'Dat kost een vermogen.'

'Heb jij een beter idee?' fronste hij tegen haar.

'Waarom komen ze er zo laat mee aan?'

'God mag het weten. Ik had ze gezegd dat ze moesten bestellen wanneer ze er nog maar vijftig hadden. En wat doen ze, verdomme? Vier uur!' jammerde hij.

'Stuur ze de rekening', zei Stella puntig.

'Dat zal ik. Reken maar. Hanna, kun je me helpen? We gaan langs alle kasten van iedereen en zien hoeveel we er kunnen opduikelen. Ik neem de eerste twee verdiepingen en jij de andere twee, goed?'

'Dat is prima. Doe ik eventjes.'

'Doe ik, gewoon', verbeterde Eric haar vanachter de frankeermachine.

'Wat?'

'Gewoon: ik doe het. Doe ik.'

'Dat zei ik toch. Doe ik eventjes.'

Eric zuchtte. 'Laat ook maar.'

'Wat heb je?' vroeg Hanna. 'Ik heb toch gezegd dat ik het doen zal. Als ik deze kwijt ben. Hier.' Ze gooide haar stapel pakketten in de postdoos, en keek ondertussen nadrukkelijk naar haar pols.

'Waarom kijk je op je horloge?' vroeg ik, inmiddels ook enigszins geërgerd.

'Omdat jij en Ellen zo streng zijn op de vier-uur-deadline voor post.'

Ik had er erg tegenop gezien om weer naar kantoor te gaan, maar er gingen zes dagen voorbij, een week, en geen teken van John Lowton. Toen ik achttien was, heb ik een ervaring gehad met een spook. Drie keer, om precies te zijn, in een periode van twee maanden. Merkwaardig hoe doodgewoon het leven weer zijn gang ging tussen die ervaringen door, en zoals ik dat tintelende gevoel van angst en verwachting weer vergat.

Ik ging naar het Van Goghmuseum, ik en ook een buslading Japanse toeristen, die aan ieder schilderij zo ontzettend veel aandacht besteedden dat ik wou dat Van Gogh het had kunnen meemaken. Beneden stond een man te masturberen voor het schilderij van Emile Bernards grootmoeder. Eerst dacht ik dat ik het me verbeeldde en ik kwam dichterbij om te zien of het echt zo was, en jawel, daar had je de starende ogen en de wrijvende hand, deels verborgen achter de geijkte regenjas.

'Hé, jij daar!' riep een suppoost, die de man op hetzelfde ogenblik in de gaten kreeg en hem midden in zijn happen naar adem onderbrak. De grootmoeder op het schilderij keek streng, haar ogen onbewogen, en ik liep door, om niet ook nog bij te dragen tot 's mans verlegenheid. Ik ging naar huis en belde bij Oliver aan om het te vertellen. Dat soort dingen vond hij leuk om te horen.

'Het gebeurt vrij vaak', wist hij te vertellen, met een half oog op zijn computerscherm. Ik voelde dat hij eigenlijk wilde dat hij niet had opengedaan.

'O ja?' Vroeg ik. 'Ik heb het nog niet eerder meegemaakt.'
'Dat komt omdat je het niet zien wilt. Je kijkt niet.'
'Natuurlijk kijk ik. Ik ga vaak, en er is nooit...'
'Dan kijk je niet goed. Jij denkt altijd dat de dingen rooskleuriger zijn dan ze in werkelijkheid zijn.'

Ik was gegriefd. Maar gezien mijn eerdere visie op de koffieshop, kon hij wel eens gelijk hebben.

'Nu we het er toch over hebben,' ging hij verder, 'je moet uitkijken voor die reiger. Er was iets op het nieuws over een vrouw die een reiger die door een auto was aangereden, wilde helpen. Het stomme mens nam hem op schoot en hij pikte in haar oog. Ze ligt in het ziekenhuis. Het zijn tenslotte geen huisdieren.'

'Heb ik ook nooit gezegd', vloog ik op.

Hij keek op van zijn scherm, verbaasd over mijn bitse toon. 'Zal ik thee zetten?' Hij probeerde het duidelijk goed te maken. 'Lief dat je pas de trap hebt schoongemaakt.'

'Dank je. De volgende keer is het jouw beurt.' Ik volgde hem naar de keuken.

'Misschien laat ik dat wel aan jou over.' Hij giebelde. 'Jij hoort toch zo graag dat je de dingen goed hebt gedaan.'

'Dat doe ik niet!' snauwde ik.

Hij deed een stap achteruit, verbaasd.

'En probeer me niet te vertellen wat mijn motieven zijn, nooit. Ik zou het niet in mijn hoofd halen om dat bij jou te doen!'

'Nou, nou, ik plaagde alleen maar.' Zijn handen in de lucht.

Hij had een gevoelige snaar geraakt. Het gaat erom dat men je zomaar beoordeelt.

'Het spijt me.'

Ik zuchtte. 'Mij ook.' Maar ik voelde me nog steeds in mijn wiek geschoten. 'Ach, ik had ook niet zo moeten komen binnenvallen. Laten we een ander keertje thee drinken.' Ik gaf hem een zoen ten teken van vergeten en vergeven en rende naar boven, zette Steel Pulse op en begon met inmaken van bananen: plakjes snijden, koken, roeren, in een poging om mezelf tot rust te brengen, vijf potten van dat spul. Ik zou ze allemaal weggeven en Oliver kreeg de eerste.

25

John Lowton kwam lachend aangelopen met Koos. Paaszondag was tweeëntwintig dagen geleden. Tweeëntwintig dagen sinds we elkaar gesproken hadden. Ik had ze geteld. Had geprobeerd het niet te doen.

Ik stond stil en wachtte. Zijn lichte mankheid was merkwaardig vertederend.

Hij keek op en stopte, en ook Koos bleef staan.

Een ogenblik stilte. Koos keek van mij naar hem, geamuseerd.

'Ga je naar huis?' vroeg John.

'Nee. Ik ben pas om halfzes klaar.' Eric had het even overgenomen. Voor een minuut of tien, had ik gezegd, ik moest even een luchtje scheppen.

'Dan haal ik je straks op en dan gaan we iets drinken.' Het was geen verzoek.

Ik knikte en liep door, een blokje om, de pas erin, mijn voeten stampten even hard als mijn hart in mijn oren bonsde.

Klokslag halfzes stond hij voor de balie. Hij wachtte terwijl ik het antwoordapparaat aanzette en mijn jas haalde. We liepen ongemakkelijk zwijgend naar het dichtstbijzijnde café, waar hij de deur voor me openhield zodat ik langs hem heen naar binnen moest.

'Daar', ik zag één vrij tafeltje achterin naast de telefoon en de sigarettenautomaat, en ik ging alvast zitten terwijl hij iets te drinken haalde. Boven het tafeltje hing een somber schilderij van een berg. Ik was hier eerder geweest en voor mij was het de Great Gable, hoewel het onderschrift zei dat het ergens in Noorwegen was.

Hij zette de wijn op de tafel en schoof in zijn stoel. 'Niet erg ruim.'

'Wat deed je in het museum?' Ik had er de pest in wanneer mijn stem er zo schril en nerveus uitkwam. Toe nou toch, Alice. Ik deed weer net zo stom als de eerste keer.

'Welk museum? Wanneer?'

'Het Stedelijk.'

'Schilderijen kijken, neem ik aan. Ik weet niet hoe dat bij jou is, maar als ik alleen in een nieuwe stad ben, ga ik vaak naar musea. Zal ik soms wat tortilla-chips halen?'

Ik voelde me dwaas. 'Ik geloof dat ik je daar voor het eerst zag. In het Stedelijk.'

'O, ja.' Hij leek niet bijzonder geïnteresseerd. 'Ik ben zo terug', en weg was hij weer voor de chips.

'Cheers.' Hij was terug en ging eindelijk zitten. 'Wat merkwaardig.' Hij wees op het schilderij. 'Moet je kijken. Zo een ben ik een paar weken geleden nog op geweest, zo'n indrukwekkende berg.'

'Waar denk jij dat het is?' vroeg ik, nieuwsgierig, maar ook dankbaar voor een nieuw begin.

'Great Gable. In het Lake District.'

Ik lachte. 'Het is in Noorwegen. Maar het is ook de Great Gable, denk ik. Als kind ging ik daar ook heen.' Met dierbare oudtante Alice. 'Familie van me woonde in het Lake District en we waren altijd aan het klimmen daar.' En ik was gelukkig geweest. In verscholen valleien groeiden wilde narcissen en grasklokjes en die kon je plukken, en op de winderige toppen voelde je iets van God.

'Ah,' zei hij, 'nu weet ik iets van je. Vertel verder. Vind je het leuk om in Amsterdam te wonen? Wat heeft je hier gebracht?'

'Als je een vrouw meeneemt voor een drankje, begin je dan altijd met haar te ondervragen?' pareerde ik, meer op mijn gemak nu we de Great Gable deelden.

'Alleen wanneer ik geïnteresseerd ben. Sorry. Ik dacht niet dat je dat vervelend zou vinden.'

'Nee, vind ik ook niet.' Ik ben gewoon nerveus en niet gewend dat men mij iets vraagt. 'We zouden een potje schaak kunnen spelen, als je wilt.'

Hij wierp een blik op de tafel naast ons, waar gespeeld werd en schudde van nee. 'Ik zou graag ja zeggen, maar tot mijn schande moet ik bekennen dat ik het nooit geleerd heb. Geen tijd gehad.'

'Dat zeggen mensen altijd. Maar het is een keuze, waar of niet? Schaken was gewoonweg niet een van je prioriteiten.'

'Of tuinieren', gaf hij even later toe.

'Of joggen?'

'Joggen al helemaal niet. Wandelen wel.' Hij zuchtte. 'Ik zou dagen kunnen doorbrengen, weken, met wandelen in de bergen, uren achtereen, en naar een dorpje afdalen voor de nacht. Niets heerlijker dan dat. Maar dit vind ik ook leuk', hij wees in het rond op het café en ineens grinnikte hij. Er ontsprongen lijntjes bij zijn ooghoeken en die doorsneden zijn wangen zoals de lijnen van de Nijldelta op een kaart. Ik had een onweerstaanbare neiging om ze met mijn vinger te volgen. Ik kon me niet voorstellen waarom ik ooit bang voor hem was geweest.

'Ik ben hier gekomen voor mijn werk', vertelde ik.

'Als telefoniste? Vast niet.'

Ik haalde mijn schouders op. 'Het is parttime en laat me ruimte voor andere dingen.'

'Maar dan nog is dit wel het laatste wat ik gedacht zou hebben.'

'En waarom?' kaatste ik terug. 'Die andere vrouw aan de telefooncentrale, Ellen, die is beeldhouwer. En haar man ook. Maar ze hebben twee kleine kinderen en ze hadden wat extra centen nodig.'

'Maar jij hebt geen twee kleine kinderen, of een man', gokte hij, met een onderzoekende blik op mijn vingers en toen op mijn gezicht.

'Nee,' gaf ik toe, 'maar dan nog, ik geloof niet dat er zoiets als een telefoontype bestaat. Zelfs Eric, die lange vent die af en toe van me overneemt, je moet hem gezien hebben, hij is er altijd, nou ja, die is meer dan hij lijkt: dat is een basketbal-ster in de dop, hij is...'

'Ben je wel eens in Londen geweest?' Hij veranderde van tactiek, onderbrak mijn gebabbel.

Ik knikte. 'Wie niet.'

'Verrek. Kunt u soms een gulden wisselen?' Een man bij de

telefoon, zijn broek vlak bij mijn gezicht, draaide zich om en vroeg het aan mij. 'Er moeten twee kwartjes in, niet één.'

Ik keek in mijn portemonnee en overhandigde hem er vier, blij met de afleiding. Vreemd, zo makkelijk als het was om met John te praten.

'Volgde je me echt niet?'

'Geen gehoor', mopperde de man aan de telefoon. 'Weer niet!'

Ik verschoof mijn stoel om hem langs te laten.

'Je bent zo vasthoudend als een hond met een been. Wanneer zou ik je dan gevolgd moeten hebben?' Hij zat heel rechtop, een en al aandacht.

'In het museum, in de supermarkt. En wat dacht je van de keer dat je naar mijn huis bent gegaan?'

'Goed, maar volgen is een te sterk woord. Toen ik je op het postkantoor zag kwam je me bekend voor.' Hij fronste zijn wenkbrauwen. 'Doordat ik je bij Classis gezien had, denk ik. En ik ben langs je huis gelopen, omdat ik naar de markt was geweest en de naam van je straat herkende.'

'Iemand anders zou het besluipen noemen.' Bij de bar siste en bromde de cappuccinomachine.

'Kom nou, dacht je nou heus dat ik een sluipjager was?' Hij keek me aan en ik keek terug in twee bruine ogen.

'Nee', gaf ik toe. Ik nam een slokje wijn en voelde de laatste restjes spanning wegebben toen de alcohol zijn werk deed.

Hij haalde een pakje sigaretten uit zijn zak, schudde er een sigaret uit en keek me vragend aan.

Ik schudde van nee, en hij stak er een op.

'O.' Ik pakte het doosje Engelse Swan Vestas en hield het

strijkvlak onder mijn neus en snoof diep. 'Ik ben gek op die geur.' Ik sloot mijn ogen en ademde nog eens diep in. 'Hier.' Ik schoof het naar hem terug. 'Probeer maar. Lucifers ruiken niet allemaal hetzelfde.'

'Ik ga meer voor vlokkige tabak', zei hij.

'In een zeemleren buidel.' Nog zo'n geur uit mijn kinderjaren.

We lachten.

'Toen Koos me het voorstel voor de serie deed, had ik niet gedacht dat ik ooit in een café over de geur van tabak zou zitten praten. En je rookt niet eens.'

'Dat hoeft toch niet? Waaraan werk je eigenlijk met hem?' Ik wilde het uit zijn mond horen.

'Internationale gidsen over recht en financiën. Leesbaarder dan die dingen die Brussel op de markt brengt. Nog een paar kleinigheden die gladgestreken moeten worden, en daarvoor ben ik hier. Overkomen is voor mij niet zo'n probleem, als ik tenminste geen familieverplichtingen heb.'

Dat klopte met wat Stella had gezegd.

'Koos heeft zo zijn ideeën over het in zee gaan met schrijvers', zei ik sluw. 'Hij zweert altijd dat hij niet weet of hij op ze vertrouwen kan voor hij hun echtgenote, of wat dan ook, ontmoet heeft.' Ik grinnikte om te laten zien dat het me irrelevant leek.

'Nou, hij denkt kennelijk dat ik oké ben. En ik heb geen vrouw. Of wat dan ook.' Toen hij me aankeek, was ik vrijwel verkocht.

'Ik haal nog een glaasje', zei ik, mezelf excuserend, en ik liep naar de bar, elke vezel van mijn lichaam vloeibaar en gevoelig en perfect in harmonie. Het was een van die momenten. Misschien had Stella gelijk gehad. Mijn vingers roffelden op de bar op de maat van het Nina Simone-nummer dat ze draaiden. Toen ik terugkwam, stond er een vrouw bij de sigarettenautomaat en ik moest wachten. John zat in zijn aktetas te rommelen.

De vrouw pakte haar sigaretten uit de automaat en liep weg, en ik wurmde me weer op mijn stoel.

'Ik wilde je foto's laten zien van een kerk op Offa's Dyke. Een paar weken geleden gingen we daar wandelen; ik heb ze pas gisteren afgehaald. Van buiten zag hij eruit als een klein huisje: schoorsteen, raam aan weerszijden van de deur, strodak. Maar ik heb ze kennelijk in mijn kamer laten liggen. Jammer. Je moet echt eens langs Offa's Dyke lopen als je weer een wandeltocht gaat maken.'

Ik knikte alsof dat niet onmogelijk was. Deze man gaf me zo'n vertrouwd gevoel.

'Ik kan vreselijk langdradig worden over het onderwerp wandelen, als ik de kans krijg.'

Ik had er geen enkel bezwaar tegen.

'Je hebt een verrukkelijke glimlach', zei hij, en hij leunde achterover en keek aandachtig naar me. 'Je hele gezicht licht op.'

Ik voelde hoe ik stompzinnig zat te grinniken.

'Weet je, je zou me kunnen helpen met bepaalde details van het boek. Als vreemdeling die hier woont.'

'Vertel eerst maar over Offa's Dyke', zei ik.

Hij stak een sigaret op en nam een slokje wijn. 'Dat zou

eindeloos duren. Bewaren we voor een andere keer. Had je plannen voor vanavond? Zullen we samen een hapje gaan eten?'

Het was een heerlijk idee en ik stond op het punt dat te zeggen, toen hij plotseling zijn sigaret neerlegde en over de tafel heen leunde. Met beide handen streek hij mijn haren uit mijn gezicht en hield ze naar achter. 'Alice', zei hij heel zachtjes, tegen zichzelf naar het scheen.

Met mijn naam had ik ook mijn haardracht veranderd. Toen, al die jaren geleden, was het langer geweest, en meestal naar achter gebonden, uit mijn gezicht, zelfs voor ik naar de gevangenis ging.

Mijn lichaam spande zich en een golf van angst klemde mijn keel dicht. Ik rukte me los uit die warme handen om mijn hoofd.

'Ik zou dolgraag,' zei ik, 'maar ik heb een werkcollege. En ik moet mijn stuk ervoor ook nog afmaken. Ik studeer kunstgeschiedenis, vandaar. Dit is mijn laatste jaar. Tentamens en een beoordeling, je kent dat.' De woorden rolden eruit.

'Je kunt toch wel één college missen?'

'Liever niet. Misschien een andere keer', zei ik, en ik stond al en trok mijn jas aan. Ik probeerde hem dicht te ritsen maar mijn vingers wilden niet en ik kon de ene helft niet in de andere krijgen. 'Bedankt voor het drankje.'

Hij stond niet op. 'Ik bel je nog', zei hij, en ik hoorde onzekerheid in zijn stem.

Ik wendde mijn hoofd af, verbrak het contact. 'Je weet waar je me bereiken kunt.'

Hij glimlachte flauwtjes.

Ik liep, rende bijna naar mijn fiets en reed toen snel naar huis, mijn handen zo stevig om de handvatten geklemd dat mijn schouders pijn deden van de inspanning.

Ik zette mijn fiets op slot en stapte achteruit, regelrecht in de hondenpoep. 'Verdomme!' Ik schraapte mijn schoenzool ongeduldig langs de stoeprand en rende naar de voordeur, deed hem open, vloog de trap op en mijn kamer binnen. Ik mikte mijn tas neer, ging voor de spiegel staan en trok mijn haren naar achter, zoals hij had gedaan.

Ik probeerde objectief naar mezelf te kijken. Het gezicht dat terugkeek uit de spiegel was niet zo heel veel veranderd in tien jaar.

Ik stond helemaal te trillen. Ik trok de keukenla open en graaide onder het eetgerei naar de map met krantenknipsels en schudde ze uit op de grond om die ene vage foto te vinden: de moeder met vrienden en met de vader. Maar de gezichten waren ook wazig. Ze hadden allemaal donker haar. De rillingen liepen in golven over me heen. Een van hen, die daar links, kon hem zijn. Maar het had wie dan ook geweest kunnen zijn.

26

Het eerste wat ik deed was kantoor bellen. Lisa nam op.
'Uitgeverij Classis, goedemorgen.'
'Hoi, met Alice.'
'Alice, blijf even aan de lijn, dan leg ik dit even neer. Wat is er?'
'Ik kan niet komen vandaag, het spijt me. Ik heb koorts, kennelijk een of ander virus. Zou Eric voor me kunnen invallen?'
'Waarschijnlijk wel. Of we laten een uitzendkracht komen. We lossen het in ieder geval op, maak je geen zorgen. Het is alleen nog vandaag en morgen en dan is het Koninginnedag en hebben we vrij. Hou jezelf lekker warm. En ga naar de dokter.'

Ik zei dat ik dat zou doen, maar in plaats daarvan stapte ik uit bed en stemde af op de BBC, kroop toen weer onder mijn dons en maakte me op om de wereld buiten te sluiten, en me te concentreren op praatprogramma's en hoorspelen van de radio en niet op mijn gedachten, tot ik wegdoezelde. Lisa maakte me wakker.

'Nog niet beter', zei ik door de telefoon, dat wilde ik ook niet, en ik sliep weer door.

De volgende middag had ik geen koorts meer. Ik plunderde de ijskast en het groenterek, maakte een grote pan soep, nam een mok vol mee naar bed en doezelde weer weg.

De telefoon rinkelde.

'Hallo, Lisa', zei ik slaperig.

'Met John Lowton', klonk de stem.

'O.' Ik ging rechtop in bed zitten en sloeg mijn ochtendjas om mijn schouders. 'Hallo.' Ik schraapte mijn keel.

'Ik hoop dat ik je niet wakker heb gemaakt? Stella, de secretaresse van Koos, heeft me je nummer gegeven. Ik moest er wel om soebatten, maar ze dacht dat je het niet erg zou vinden. Ze zei dat je je niet lekker voelde.'

'Nee, maar het gaat wel weer.'

'Ik wil je graag zien voor ik terugga naar Londen. Zou dat kunnen?'

'Wanneer vertrek je?'

'Overmorgen. Ik hoorde dat Koninginnedag leuk is, met de vrijmarkt en overal feest. Daar wou ik nog voor blijven, er misschien een artikeltje over schrijven. En ik moet ook een cadeautje zoeken, iets aparts als het even kan. Want ik ga terug voor een verjaarspartijtje. Wat zou jij voor een jongen kopen?'

Ik glimlachte. 'Hoe oud?'

'Dertien, hij wordt dertien.'

Ik had de vraag gesteld zonder nadenken.

'Enig idee?' vroeg hij weer.

'Koos stelde me voor om overdag met hem rond te zwerven.

En ik had zo gedacht dat wij dan 's avonds samen zouden kunnen eten.'

Zijn stem, die me zo'n wonderlijk warm gevoel gaf van binnen. Maar ik probeerde de jaren te tellen. Mijn brein tolde zo, dat het zelfs geen vat kreeg op zoiets logisch als getallen. Ik zag kennelijk een patroon waar er geen was.

'Alice?'

'Ja', fluisterde ik.

'Alsjeblieft, laten we samen gaan eten.'

'Ja.' Ik zag dat mijn laken rafelde. Ik plukte er kribbig aan.

'Wat komt jou het beste uit? Kom je naar mijn hotel en zien we elkaar daar? Ik zit in het Ponton.'

Weer probeerde ik te tellen.

Toen ik geen antwoord gaf, vervolgde hij: 'We zouden daar eerst een drankje kunnen drinken. Wat dacht je van een uur of zeven?'

'Goed.'

'Fijn. Ik verheug me erop', zei hij vormelijk. 'Tot dan.'

Nog lang nadat de verbinding verbroken was, zat ik met de hoorn in mijn hand. Zachtjes legde ik hem neer.

Ik kon net zo min weigeren deze man te ontmoeten als weigeren weer op te staan. Hij trok me naar zich toe.

Die morgen mikten mijn handen een stel schone kleren, tandenborstel en -poets, een boek en mijn paspoort in een koffer, mijn voeten droegen me het huis uit, voerden me naar het dichtstbijzijnde punt waar ik geld kon pinnen, en ik vluchtte. Hij zou zich tegen mij keren net als alle anderen. Dat kon ik niet aan.

Op Koninginnedag rijden de trams maar af en toe, ze

worden lamgelegd door alle mensen die over straat slenteren, meer uit op kopen en pret maken dan op ergens naartoe gaan. In plaats daarvan nam ik de metro naar het Centraal Station, waar ik een kaartje naar Hoek van Holland kocht. 'Een tijd om te vluchten' – ik giechelde hysterisch. Nu het erop aankwam, werd ik door mijn instinct gedreven om naar huis te vluchten, terug naar waar ik als kind was geweest. Gelukkig zag niemand me lachen; wie de hoofdstad wilde ontvluchten was allang weg, en het was de jeugd die uit forensentreinen stroomde en het station overspoelde, met glanzende ogen en luide stemmen.

Nog vijfentwintig minuten en de boottrein zou er zijn. Ik vermande mezelf en ging naar het café op perron twee, naar de bank in het hoekje. Met mijn hoofd achterover speurde ik het plafond af naar mijn postzegel en ik vond hem, een lavendelkleurige vlek op het bruine pleisterwerk.

'Wilt u bestellen?'

Mijn hoofd vloog naar beneden. 'Koffie graag.'

De ober liep weg.

'Neem me niet kwalijk', riep ik, en ik stond op van de tafel en liep hem achterna. 'Ik ben van gedachten veranderd. Het spijt me.' Ik rende naar perron vijf. Ik kocht koffie bij de kiosk daar en dronk uit de plastic beker, dwong mezelf om helemaal stil te staan terwijl ik wachtte op de trein. Niet alles tegelijk.

Ik concentreerde me op het jongetje tegenover me in de coupé. Alsof mijn leven ervan afhing, keek ik toe hoe hij zich door twee zakjes chips heen at, gevolgd door een halve reep chocola. Zijn moeder at de andere helft op. Weggespoeld met koffie. Toen pakten ze pen en papier en maakten een lijst van alle kleren die ze in Amsterdam gekocht hadden, verpakt in zes grote zakken die uitpuilden in het bagagerek boven hun hoofden.

'Tien suède jasjes', noteerde zij.

'Nee, elf!' riep het kind. 'Toe, dat moet je veranderen. Het waren er elf!'

Zware gouden ringen om twee vingers van haar schrijfhand, en drie van die sieraden aan de andere. Gouden armbanden rinkelden uit boven het geluid van de trein terwijl ze schreef.

'Kijk, koeien!' riep het joch opgewonden, neus platgedrukt tegen het raam. 'Hollandse koeien! Die hebben ze niet in Londen.'

Ik sloot mijn ogen alsof ik daardoor het geluid van de rinkelende armbanden kon uitbannen, maar het zwol aan tot boven het gedender van de rijdende trein uit, metalig hard en dreigend.

'Pardon.' Ik stapte over hun voeten heen en liep naar een plaats verderop in de coupé.

Bij Hoek van Holland voerden mijn voeten me naar het loket. Ik keek emotieloos naar die voeten terwijl ik stond te wachten. Het was alsof ze van een vreemde waren. Het blauwe leer was verfrommeld, de neuzen waren kaal.

Ik stond in de rij om mijn ticket te laten controleren door de beambte van de veerboot, en ik begon weer te beven. Ergens voor mij zag ik de vrouw en haar zoontje richting paspoortcontrole lopen; de jongen duwde de kar met hun boodschappen en rebbelde aan één stuk door.

Nog drie voor me in de rij.

Krampen in mijn maag en buik haalden me uit mijn trance.

Ik draaide om en rende naar de wc en zat daar, nog steeds bibberend, terwijl mijn darminhoud eruit spoot met golf na golf van krampen.

Toen ik weer buitenkwam, was de rij verdwenen. De veerbootbeambte in haar blauwe uniform en rode halsdoek stond nog op haar plek om mijn ticket te controleren. En de agent zat hoog in zijn hokje en had alle tijd om door mijn paspoort te bladeren. Hij peuterde verveeld in zijn oor.

Het was te leeg. Ik kon niet in mijn eentje door die passagierssluis, dan viel ik veel te veel op. De agent zou de tijd nemen om mijn paspoort te bekijken en uit codes misschien kunnen opmaken dat ik in de gevangenis had gezeten en me dan niet meteen doorlaten; het zou zijn dag opvrolijken. Beter maar op de nachtboot wachten en dan met de massa mee, een van de velen.

Ik wou ergens gaan liggen en slapen, maar er was nergens een comfortabel plekje. En geen enkel donker hoekje. Ik zocht mijn heil in het café en bestelde thee en een croissant, in de hoop dat dat mijn nog steeds rommelende maag zou vullen.

De man die het café binnenkwam bracht me weer tot mezelf. Hij had dun, verward haar dat zo te zien wel een wasbeurt kon gebruiken. Zijn baard was ook slordig, en net zo blond als zijn haar. Hij kwakte een volumineuze plunjezak neer op de stoel naast zich, en een glimmende, plastic weekendtas op de vloer. De spijkerbroek die hij aanhad, leek redelijk schoon, en zijn sportschoenen waren niet erg afgetrapt. Toch vroeg de ober hem om meteen te betalen voor zijn koffie. De man scheen niet te weten dat hij de enige was die deze behandeling kreeg.

Ik had een bonnetje; mij vertrouwden ze.

Hij keek uit het raam naar het verlaten perron en naar de zeemeeuwen die in het struikgewas verderop scharrelden, en draaide zich toen om, wellicht omdat hij mijn blik voelde, en keek naar mij. Zijn ogen waren de droefste die ik ooit gezien heb. En de hele zijkant van zijn gezicht, de kant die van mij afgekeerd was geweest, was een diep blauwig roze, de kleur van fijngemalen bieten.

Ik was niet in staat hem een glimlach te geven. Elke glimlach tegen die droefheid zou een belediging geleken hebben, als een klap op die moedervlek.

Wat was ik eigenlijk aan het doen? Dit was niet de manier om terug te gaan naar Engeland, in paniek, met mijn staart tussen mijn benen alsof ik een misdadiger was. Ik had een leven en dat was in Amsterdam. Ik moest teruggaan.

Waar zou ik heen gegaan zijn in Engeland? Offa's Dyke? En wat ging ik er doen? Ik keek naar het landschap, zoals het voorbijrolde langs het treinraam, keek ernaar met een plotseling gevoel van liefde. Boerderijen, omsloten door vierkante weiden, geschalmd als boten op een stormachtige zee, schilden van bomen dicht opeen geplant om de wind en de zon buiten te sluiten. De bloeiende banen van geel, rood, roze en blauw van de bollenvelden en het wit van afdekplastic. Dat alles liet ik me niet afpakken. Volkstuintjes omzoomden het spoortalud: lentegroei, leven dat doorging. Verderop de glinstering van sloten, bomen, stil weerspiegeld in het water. Daarachter altijd ergens een huis of een dorp. Toen Haarlem en de grote plompe koepel en de verduisterde ramen van de ronde gevangenis.

Ik wendde mijn blik af. Mijn leven hier was in wankel evenwicht, balancerend op leugens en uitvluchten. Als ze bij Classis eens wisten van mijn verleden, als Oliver erachter kwam, João, de bakker, wie dan ook, ze zouden me verkeerd begrijpen, als vroeger, ik zou gewogen worden en te licht bevonden. Ik voelde me weer misselijk.

Treinen op zijsporen. Benoem ze, Alice, benoem ze. Blijf in het heden. Langs de trein liep een vaart, ranke bomen, aangeplant tussen het water en de weg.

Wat je je verbeeldt, is altijd erger dan de werkelijkheid.

Industrieterreinen, daarachter betonnen huizenblokken. Een reeks volkstuintjes, een keurige buitenwijk in miniatuur, elk vierkant stukje grond met zijn eigen kleine bungalowtje en de solitaire boom.

Maar ik kon niet blijven vluchten. Ik ging rechtop zitten.

Een dubbeldekstrein passeerde ons. Een basketbalveld rechts, de bomen en paden van het Westerpark en de trein die vaart minderde.

En ik wilde John terugzien.

Een glimp van gracht en kerk, een grote, oude school die het uitzicht wegnam, nog meer grachten en de rivier en mijn adem die sneller ging.

Ik stond al bij de deur toen de trein stopte, een stille eenling te midden van de blijde massa, en mijn hart ging als een dolle tekeer. Eruit en het perron op en de trap af naar zwarte fietsen in rijen van tien, over het stationsplein met zijn sigaretten-peuken-lege-blikjes-vertrapte-kauwgom-troep even chaotisch als mijn geest, de trap af de metro in. Er werd vandaag niet gedeald bij de pilaren onder aan de roltrap, niet vandaag nu er elders in de stad betere zaken te doen waren. Langs het bloemenstalletje op het perron, naar de wachtende trein.

Vijf minuten lopen vanaf de halte, voorbij de reiger die boven op een parkeerautomaat zat, en thuis was ik. Ik zette mijn koffer in de hoek, maar pakte hem niet uit. Voor het geval ik besloot om toch nog de nachtboot te nemen.

Ik keek naar de overkant. De kamers waren leeg, iedereen was eropuit. Ik liet mijn vinger langs de rand van de tafel gaan. Mijn rode tafel.

Ik zou de straat op gaan.

Aan het einde van de dag zou ik met hem gaan eten. Ik wilde het achter me hebben. Ik wilde door hem gekend worden.

Ik stond voor de spiegel, haalde diep adem, en legde een stille eed af tegenover mijn spiegelbeeld: ik zou deze man de waarheid vertellen. Het was tijd.

Overal wapperden vlaggen, rood-wit-blauw gestreept, zelfs voor op een stilstaande tram waar de bestuurder naast stond en bier dronk met de eigenaars van de kraampjes die hem de weg versperden. Het was nog maar net na tweeën en ik was uitgehongerd. Chileense vluchtelingen hadden een stalletje opgezet en verlegen verkochten ze eigengemaakte tortilla's. Eerst nam ik één stuk, toen nog een, ik schrokte ze naar binnen. Oranje linten om de papieren hoedjes die langshuppelden, heel veel mensen hadden oranje T-shirts aan, voor de gelegenheid geverfd. Er waren zelfs oranje tulpen geplant in het perk achter me. De zon scheen, ik moest iets doen. Ik veegde mijn vingers af aan een papieren servetje en dwong mezelf om rond te snuffelen tussen de spullen die waren uitgestald op de grond en op tafels, vastbesloten iets te kopen, niet zozeer vanwege het plezier ervan als wel om mezelf een doel te geven. Binnen tien minuten had ik een zwart leren jack te pakken en een dik, wit katoenen shirt. Er zat een scheur in de rechterschouder van het jack, maar die was makkelijk te repareren. Op de hoek van het plein verkochten politieagenten met oranje kokardes op hun petten, tuttig geschikte droogbloemen, en stroken ouderwets Hollands tapijt. Tegenover hen had een jonge Marokkaan een stalletje met baklava. Nog steeds hongerig, mijn maag rommelde, vroeg ik om een stuk, en hij wikkelde het voorzichtig in vloeipapier, met de sierlijke bewegingen van zijn lange, slanke vingers. Ik nam mijn verworvenheden mee naar huis en mikte ze neer. Dat shirt was een misser. Weer op pad, Alice. Ik haalde mijn fiets, reed de Marnixstraat af, zette de fiets aan de rand van de Jordaan en zocht mijn weg in de nauwe wirwar van de vele grachtjes daar. Rond halfvier, het vertier op zijn hoogtepunt. Ik was niet altijd dol op mensenmassa's, maar vandaag was het als water op mijn gloed. Bij een klein huisje hadden ze een tafel buiten gezet. Ze verkochten er thee en versgeperst sap en ik ging zitten om wat te drinken, terwijl de menigte rond mij uiteenweek als een rivier die om een zwerfkei heen stroomt.

'Hé, Alice!' Een stem die ik kende. 'Ga je mee? Slier je al de hele dag door de straten?' Lisa's anders bleke wangen waren rozig van kleur. Ze trok me van de stoel.

Ik knikte. Ik kon haar toch moeilijk vertellen waar ik die morgen geweest was, en ook niet hoe dankbaar ik haar was dat zij daar ineens was opgedoken.

Ze voerde me mee met haar en haar vrienden. We stopten

voor taart en wijn bij het ene stalletje, en voor broodjes en wijn bij een ander. We wedden op hardlopende cavia's en ik won. En ik stond op een brug over de Prinsengracht studenten aan te moedigen, die met water gevulde ballonnen gooiden naar de elkaar verdringende boten beneden. Gejuich klonk op bij elke keer dat er een raak was. Sommige ballonnen spatten niet uiteen en dan probeerden de rivalen beneden ze terug te gooien naar de menigte, maar met een zucht knapten ze op de stenen van de brug. We klauterden op een passerende boot en ik dronk en juichte en kletste met Jan en alleman, terwijl we boten ontweken van de ene gracht naar de andere, tot de boot ons ten slotte wegvoerde van het centrum, bijna terug naar het station waar het rustiger was.

Ik stapte uit.

'Blijf nog even, we varen over twintig minuten terug', zei Lisa, achterovergeleund tegen een van haar vrienden.

Maar het was bijna vijf uur. Ik moest gaan.

Ik liep snel. Het was makkelijker nu de meeste eigenaren hun spullen aan het inpakken waren, om zich daarna te voegen bij de mensen rond de cafés, die dansten op de muziek van schuiten die langs de kant gemeerd lagen, en uit het vuistje aten of van papieren bordjes.

'Ga je gang', zei een man bij een stalletje, toen hij me een groene, soepele, zijdeachtige trui zag pakken.

27

Snel verkleedde ik me. Ik trok de rok aan die ik naar het feest van kantoor had gedragen, met de nieuwe groene trui, en bekeek mezelf in de spiegel. Het stond me goed, leuk zoals het groen de kleur van mijn ogen donkerder leek te maken. Ik pakte een elastiekje, trok mijn haar naar achter en bond het vast; het was te kort en zodra ik mijn hoofd bewoog sprongen er plukken los. Mijn mond was droog nu het uur van het etentje naderde, mijn nek was verkrampt en mijn hoofd bonsde. Ik haalde het elastiekje uit mijn haar en schudde het los, trok een lijntje langs mijn ogen, deed mascara op mijn wimpers en, na enige aarzeling, gloss op mijn lippen. Ik stopte even op weg naar beneden en klopte op Olivers deur om te kijken of hij soms mee ging een drankje drinken. Geen gehoor. Nog een trap af. Ook geen gehoor bij João en Miriam, niet dat Miriam ja zou zeggen tegen een drankje, maar João misschien wel.

Ik liep weer naar boven en dreutelde wat rond. Ik keek naar de overburen op zoek naar afleiding, maar er was niemand thuis, behalve een oude man op de benedenverdieping, die zat te lezen. Ik wisselde de groene trui om voor mijn zwarte. En wisselde weer terug. Ik speldde een broche op die ik van mijn moeder had geërfd. Deed hem weer af. Ik trok de bestekla open, pakte een van de krantenknipsels en stopte het in mijn tas. 'En nu naar buiten!' beval ik mezelf hardop. Ik pakte mijn jas van de haak en dit keer kwam ik zowaar beneden en op straat.

Toen ik bij de eerste hoek kwam, klonk boven mij het gewiek van vleugels en een seconde later streek de reiger naast me neer. Hij kwam naast me lopen, zijn scherpe snavel vooruit, en begeleidde me als een lijfwacht tot aan de hoofdstraat, waar hij stilstond en mij verder alleen liet gaan.

'Dank je', fluisterde ik.

Wachten op het stoplicht was niet nodig. De bestuurders, gevangen in voortkruipende auto's, keken allemaal even gefrustreerd en somber. Toen ik naar de overzijde was gezigzagd, keek ik om en zag dat mijn begeleider zijn post boven op de parkeerautomaat weer had ingenomen.

Langs de gracht was het redelijk rustig, zonder veel sporen van uitspattingen, en pas bij het Rembrandtplein veranderde dat alles; daar maakten de mensen plezier en moest ik me langzaam een weg banen tussen hen door, alsof ik erbij hoorde. Langs mijn favoriete frietkraam en een zijstraat in. Muziek dreunde terwijl ik me door stromen mensen heen wurmde, weggegooide plastic bekers krakend onder voeten. Boven de hardnekkige dreun van de muziek uit de homobars, klonk hoog het carillon van De Munt, en na het gelui van de klokken sloeg de torenklok zeven. Maar het was pas halfzeven.

Ik stond stil. Zelfs in dit tempo zou ik nog een kwartier te vroeg zijn. Het was trouwens bezopen om uit eten te gaan, ik zat helemaal vol van al die snacks, en ik had genoeg gedronken voor een hele dag, hoewel ik me nu broodnuchter voelde.

Ik leunde tegen een muur en keek naar de dansende menigte, groepen die zich vormden en weer uiteenvielen, en zich weer vormden, als ijzervijlsel bewegend onder een gigantische magneet. Er werd me een glas in de hand geduwd. 'Kop op, schat, zo erg kan 't niet wezen. Drink op!' Ik gehoorzaamde. Vier grote slokken lagerbier, warm door de koestering van de hand van een vreemde.

En ik weer verder, via een omweg, waar ik stuitte op een groep toeristen naast hun vastgelopen bus; ze wisten kennelijk niet wat ze moesten doen, blijven zitten en hopen op beweging of het risico nemen zich te mengen in de menigte waar ik inmiddels deel van uitmaakte en die naar een danspaar keek dat een perfecte tango danste op de hobbelige keien. De dansers zwierden in het rond op de beklemmende klaagtonen van een duo dat met bezwete gezichten op een accordeon en een viool speelde.

Ik slenterde verder richting Herengracht en leunde over de brug om te kijken naar een luidruchtig watergevecht tussen de partijen op twee lichters, terwijl de dixielandband op een ervan vrolijk doorspeelde.

'Ik was benieuwd of je zou komen.' Hij doofde een sigaret en stond op om me te begroeten. Ik was twintig minuten te laat. Er lag nog een peuk in de asbak voor hem.

'Was ik bijna niet.' Ik gaf hem een vluchtige glimlach.

'Wil je wat drinken voor we een plekje zoeken om te gaan eten?'

'Graag.' Ik trok mijn jas uit en ging zitten.

'Wat kan ik voor je halen?'

Ik keek naar zijn glas; zag eruit als gin-tonic.

'Whisky, graag.' Om mijn zenuwen te stalen.

Hij kwam terug van de bar waar hij besteld had en liet zich weer zakken in zijn stoel aan de andere kant van de lage, glazen tafel die tussen ons in stond. Nu hij weer zat, wist ik niet wat ik moest zeggen. En hij kennelijk ook niet.

'Voel je je weer wat beter?'

'Heb je een leuke dag gehad?'

We spraken tegelijk.

'Jij eerst.'

'Nee, jij.'

'Nee, alsjeblieft.'

Dit was gênant. De barman bracht mijn whisky en zette hem met een zwierig gebaar op tafel.

'Je ziet er in ieder geval beter uit', zei hij, toen we weer alleen waren, en hij hief zijn glas. 'Cheers!'

'Cheers.' Ik nam ook een slokje, zette mijn glas neer, pakte het weer op, tekende figuurtjes op de tafel in de condens van het glas.

Nog een poging. 'Vond je het leuk vandaag?'

Hij stortte zich in een verslag van zijn dag, en ik was verbaasd over mijn onverschilligheid. Op de achtergrond zongen de Beatles en in stilte zong ik mee: *Listen, doo da doo, do you want to know a secret, doo da doo, do you promise not to tell, oh-oh-oh, oh-oh-oh, closer, doo da doo*, nippend aan mijn drankje tot het glas leeg was, en ineens merkte ik dat hij niets meer zei en met een luciferdoosje op de armleuning van zijn stoel zat te tikken.

'Heb je overal die oranje tulpen gezien?' vroeg ik.

'Overal? O, ik snap het, op de mensen, bedoel je.'

'Hmm.' Ik bedoelde de bloembakken, maar het deed er niet toe.

Hij zette zijn glas neer, leeg, net als het mijne. 'Is er hier in de buurt iets waar we een hapje kunnen eten?' vroeg hij. Hij klonk mijlenver weg.

Ik dacht na. 'Je hebt de Azoren. Dat is niet ver, op de Herengracht. Maar het zou vanavond wel eens moeilijk kunnen zijn om zonder reservering binnen te komen.'

'Zullen we het toch maar proberen?'

'Mij best.' Het kon me niet veel schelen waar we aten, mijn maag zat in de knoop van de zenuwen om wat ik gezworen had te doen.

Hij pakte een grote aktetas op die naast hem op de vloer stond, en ik trok mijn jas weer aan. Buiten zijn alleen al, en bewegen zou een opluchting zijn.

We liepen zwijgend langs de gracht. Er sloeg een klok.

'Is het je opgevallen hoe positief Nederlanders zijn?' merkte ik op, en mijn stem klonk me vreemd schril in de oren. 'Hun klokken slaan vóór het halve uur en niet erna en ze zeggen halfacht wanneer ze zeven uur dertig bedoelen. Ze kijken altijd vooruit.' In plaats van achteruit, voegde ik in stilte toe. Ik ratelde maar door. 'Er zijn nog heel veel andere verschillen, ook al ligt alleen het Kanaal er maar tussen. Mensen die hier een gebouw binnengaan, hebben voorrang op degenen die eruit komen, de beleefdheid gebiedt om voor hen aan de kant te gaan. Wat het ingewikkeld voor ze maakt wanneer ze met de trein gaan, want wanneer die binnenrolt zijn ze geneigd om meteen in te stappen, nog voor de passagiers zijn uitgestapt. Trouwens, dat kan ook onbeleefdheid zijn. Wat dan ook. En wanneer je een nieuw huis betrekt, dan is het aan jou om jezelf voor te stellen aan de buren, en niet andersom. Verjaardagen zijn hier veel belangrijker dan Kerstmis en wanneer je bij mensen op bezoek gaat, krijg je meestal eerst koffie en taart en daarna pas wijn. Hun kussenslopen hebben de opening langs de lange kant in plaats van aan de zijkant, en er wordt van je verwacht dat je op de stoep rechts loopt, zelfs wanneer er een bejaard iemand van de andere kant komt en je hem dus eigenlijk aan zijn buitenkant zou moeten passeren. Althans, volgens ons. Aan de andere kant voorkomt het wel dat gezigzag zoals wij dat doen', het was een soort verbale diarree. En dat ik zweeg, was alleen maar omdat ik mijn aandacht nodig had voor het oversteken van het Koningsplein, waar het gedurende de dag een gedrang van jewelste was geweest. Een tram kroop langzaam vooruit de Leidsestraat in en toen we erachter liepen, zag ik een bekende en ik zwaaide.

'Hoi, Alice!' Sam baande zich een weg naar ons toe.

'Sam – John', stelde ik hen voor.

Sam gaf John een hand en wisselde snel een vragende blik met mij. Ik knikte. We stonden alledrie ongemakkelijk te glimlachen.

'Alles oké?' vroeg Sam in het Nederlands.

'Ja.'

Sam gaf me een knuffel. 'Veel plezier nog', en met lange passen beende hij weg.

'Een vriend van me', legde ik uit, niet dat John iets gevraagd had. 'Je zou hem vast mogen.' Wie was ik om te weten wie John wel of niet zou mogen?

Toen we de Herengracht opliepen, stak er een zwarte kat over van een van de huizen naar de waterkant. 'Geluk', zei ik automatisch. 'Tenminste dat zou het moeten zijn, behalve hier. Hier zien ze het als ongeluk. Allemaal nogal verwarrend, vind je niet?'

'Alice.' John stond stil.

Ik ook.

Hij raakte de mouw van mijn jasje aan. 'Kalm nou maar', zei hij.

We liepen zonder te spreken verder naar de Azoren. Het was hem gelukt me mijn mond te laten houden, maar niet om me op mijn gemak te stellen.

We hadden geluk toen we bij het restaurant kwamen: één tafeltje, helemaal in de hoek, was nog vrij en daar werden we heen geleid. We schoven stoelen naar achter en gingen zitten.

'Ik ben hier in geen eeuwen meer geweest.'

'Ik denk dat ik materiaal heb voor een heel aardig artikel.'

Weer botsten onze stemmen. Het was net als aan het begin van de avond, hoewel het makkelijker zou moeten zijn nu hij dichter bij me zat, bijna tegen me aan.

Hij leunde achterover in zijn stoel, stak een sigaret op en maakte hem toen weer uit. 'Sorry, ik rook te veel', verontschuldigde hij zich.

Ik schudde mijn hoofd, bedoelend dat het niet gaf. Nog

even en ik zou in tranen uitbarsten.

Ik moest spreken. Nu.

Ik legde mijn hand op de tafel en drukte hem er hard tegenaan, voelde de koelte van het hout eronder, de gladde vernis.

Hij pakte zijn servet en schudde het open. Een hoek raakte licht mijn pols.

Ik sloot mijn ogen. Alstublieft, God. Help. Alstublieft.

Toen ik ze weer opendeed, zat John naar me te kijken.

De ober kwam onze bestelling opnemen en John wuifde hem weg, zijn blik liet me niet los. 'We hebben nog geen keuze gemaakt.'

'Ik kom zo terug', zei de ober ongeduldig.

'Geen haast.'

'Het is erg druk, ziet u.' Driftig liep hij weg.

'Alsjeblieft', zei ik tegen John, en ik verzamelde al mijn moed voor wat ik ging zeggen. 'Luister alsjeblieft naar me. Zeg niets, nog niet.' Mijn stem trilde. Ik staarde naar zijn rechteroor en het donkere haar dat eromheen krulde. Zijn wang was ook donker met een zweem van stoppels. Staren naar zijn oor was de oplossing niet, maar ik kon hem ook niet aankijken. Ik deed mijn mond open, en weer dicht, als een vis die crepeert.

Ik waagde de sprong. 'Ik heb je niet de waarheid gezegd. Ik woon hier niet sinds vijf jaar. Ik ben tien jaar geleden gekomen.'

Zijn oor en zijn wang veranderden niet. Zijn hoofd had niet bewogen.

'Ik zat bij een reclamebureau. Daarvoor.'

Ik riskeerde een blik. Zijn ogen waren waakzaam. O God.

'Mijn echte naam is niet Alice.'

Soms in restaurants, houdt iedereen op hetzelfde moment op met praten. Dit was er zo een. Glazen rinkelden, bestek kraste over borden, maar niemand sprak.

Een stem begon weer, en nog een, en nog een. Dat was eruit. Ik zat nog steeds in deze ruimte, het tafelblad was nog hetzelfde, en ook de stoel met zijn rand die in de achterkant van mijn dijen sneed.

Eindelijk bewoog John. 'Waarom vertel je me dit?'

'Je wilde het weten', zei ik. 'Al die vragen die je stelde.' Omdat ik het gevoel heb dat ik je kan vertrouwen en niet weet waarom, zei ik in stilte tegen hem. Ik haalde diep adem en zei hardop: 'Ik wil dat je het weet', en ik aarzelde, en vroeg me af of dit het moment was om het krantenknipsel te laten zien.

'Ga door', zei hij.

'Ik heb in de gevangenis gezeten. Voor het kidnappen van een baby. Maar iedereen noemde het kinderdiefstal, ik...'

'Noemde jíj het kinderdiefstal?' hielp hij me, zonder stemverheffing, geïnteresseerd. Hij klonk net als een journalist. Hij deed alsof hij een en al begrip was, maar hij was natuurlijk gewoon uit op een goed verhaal. Waarom had ik daar niet aan gedacht? Ik was bezig om een vreselijke vergissing te begaan. Te laat.

'Nee. Ik noem het... Ik heb die baby gered!' riep ik uit. 'Zij sloeg hem, je had haar moeten zien, het was afschuwelijk, ze sloeg hem op zijn hoofdje, iemand moest dat stoppen...' Ineens dacht ik niet alleen meer aan de baby, maar ook aan mezelf in de gevangenis en de vrouwen die me sloegen, me pijn deden, en de vrouw die de baby pijn deed. 'Ze zeiden... ze gaven mij de schuld. Het kon niemand wat schelen. Ze zeiden dat ik getikt was, dat ik de baby voor mezelf wilde hebben, niemand begreep het, en ik had hem alleen maar gered.' Ik zat te trillen. De rug van mijn hand ging naar boven om mijn wangen te drogen, maar ik had net zo goed kunnen proberen om een lekkende leiding te dichten. Ik liet mijn hand in mijn schoot vallen en keek naar beneden waar mijn twee handen een volkomen eigen leven leidden, wringend en draaiend.

'Kijk me aan.'

Langzaam sloeg ik mijn ogen op om de zijne te ontmoeten. Hij leunde voorover en legde zijn hand zachtjes tegen mijn wang. O God. Ik kon mezelf maar net inhouden om niet het volle gewicht van mijn hoofd in die warmte te laten rusten.

Hij reikte me een grote zakdoek aan, haalde zijn hand weg, en ik hoorde hem om water vragen. Toen het kwam schoof hij het naar me toe en zei dat ik moest drinken. Terwijl ik mijn uiterste best deed om de stroom tranen te stoppen, wachtte ik om te horen wat hij zeggen zou.

Zijn stem klonk rustig. 'We moesten maar eens bestellen, dat helpt vast. Waar heb je zin in?'

'Niet veel', zei ik starend naar het menu. Waarom zei hij toch niets? 'O, het spijt me, ik wilde niet…'

Hij glimlachte gespannen. Er was iets niet goed. Geen afschuw, maar wel iets.

Mijn oogleden prikten weer. Ik kneep ze stijf dicht om een nieuwe tranenstroom tegen te houden, en keek toen weer naar het menu. Gelukkig was de keuze beperkt. Ik koos het eerste wat ik lekker vond.

'Niets vooraf?'

Ik schudde van nee.

'Goed. Ober!' Die hing toch al in de buurt rond. 'We nemen de heilbot, en een biefstuk voor mij, medium gebakken, en twee van uw lentesalades. Of niet?' vroeg hij, en ik knikte. Hij deed zijn mond open.

Wees niet als alle anderen, smeekte ik vurig. Veroordeel me niet. 'Wil je me even excuseren?'

Een vleug van bezorgdheid in zijn ogen. 'Waar ga je heen?'

'Alleen maar naar de wc.'

Het was hel verlicht bij de dames. Op het moment dat ik de deur achter me dichttrok was mijn zelfbeheersing verdwenen, en tranen stroomden over mijn wangen. Er ging een minuut voorbij, twee, drie, ik weet het niet. Ik draaide de kraan open en plensde het koude water over mijn ogen.

Ik greep naar een handdoek, maar die was er niet, alleen een heteluchtdroger, dus scheurde ik een stuk wc-papier af en depte en wreef over mijn gestreepte wangen en droogde mijn gezicht. Al die jaren van zwijgen waren eindelijk voorbij. Die hand tegen mijn wang.

Ik keek naar mezelf in de spiegel, haalde een paar keer diep adem en glimlachte bibberig om moed te verzamelen. Ik zou hem het krantenartikel laten zien en afwachten.

Hij zat te roken toen ik terugkwam. 'Heb je bezwaar?'

Ik schudde van nee.

'Je vroeg of ik je volgde,' hij wachtte tot ik zat, 'en ik meende het toen ik zei van niet, maar ik hield wel mijn ogen open.' Hij sprak heel nadrukkelijk. Rookslierten dreven tussen ons in. 'Toen ik je bij Classis zag was er iets in je... maar zeker wist ik het niet. Later zag ik hoe je eruitzag met je haar uit je gezicht, en jij rende weg, en toen durfde ik langzaam aan te geloven dat ik gelijk had.'

Ik schoof het krantenartikel naar hem toe. Hij keek er niet naar.

'Ik moet je iets vragen,' zei hij vriendelijk, 'is je naam Joanna Geddes?'

Ik sloot mijn ogen. 'Ik geef de voorkeur aan Alice, heus.'

'Ik ben zo blij', zei hij.

Blij? Ik snapte er niks van.

De ober kwam met ons eten. Hij zette het voor ons neer. De geur van limoensaus met dragon over mijn vis steeg op in mijn neus. Ik keek naar de heilbot en prikte erin met mijn vork. Ik legde de vork weer neer, ik kon niet voorkomen dat hij op het tafelblad kletterde.

John had zijn mes en vork niet eens gepakt. 'We hebben niet zo lang', zei hij wat verlegen.

Ik keek hem niet-begrijpend aan.

'Ik had het natuurlijk meteen moeten zeggen. Het spijt me. De vroege vlucht morgen zat al helemaal vol, dus ik moet die van vanavond halen. Ik zou het wel willen veranderen maar dat kan niet...'

'Familieverplichtingen?' Dit was mijn stem niet; hij klonk veel te kalm.

Hij glimlachte flauwtjes. 'Ja. Ik wil er zijn wanneer mijn zoon wakker wordt. Dus je begrijpt dat ik hier om halftien weg moet, wil ik op tijd op Schiphol zijn om in te checken.' Hij keek op zijn horloge.

Hij haalde een sigaret uit het pakje, stak hem op en inhaleerde diep. 'Luister, heb je honger?'

'Nee.' Ik was opgelucht, nerveus, verbaasd, opgewonden, maar niet hongerig.

'Ik ook niet. Kom, we gaan.' Hij drukte zijn sigaret uit, liep naar de kassa en betaalde. Buiten nam hij mijn arm. 'Heeft het zin om een taxi te nemen?'

Ik haalde mijn schouders op. 'Niet vandaag. De tram is betrouwbaarder.'

'Dat dacht ik al. Je gaat toch mee naar het station, hè?' vroeg hij dringend.

We staken het Koningsplein weer over en liepen naar het Spui, tussen dansende mensen door.

Ik had het krantenartikel laten liggen!

Flitslichten streken over ons heen. 'Ik ben...'

Ik was er niet zeker van dat ik zijn volgende woorden goed verstaan had, overstemd als ze werden door de rauwe weeklacht die werd uitgekreten door een in leer geklede zanger. Ik stond stil. 'Wat zei je?'

Hij draaide zich om en keek me aan. 'Mijn zoon is, was, die baby', zei hij, en hij sprak heel duidelijk zodat er geen misverstand kon bestaan. 'Begrijp je het? Ik ben de vader van die baby.'

Dit had ik niet verwacht. De woorden spoelden als een zwarte golf over me heen. Ik greep naar een fiets die vast stond aan een hek en ging half op het zadel zitten, ik liet mijn hoofd tussen mijn knieën zakken tot de duizeligheid verdween en ik me klam voelde, maar niet meer duizelig.

'Alice? Gaat het?' Bezorgdheid in zijn stem? Zijn handen op mijn schouders.

'Ja hoor. Kijk maar', en ik stond weer op mijn benen. Het

lukte mijn voeten om me naar de tramhalte te brengen. 'Lopen is misschien sneller', zei ik op een wonderlijk normale toon, maar er kwam een tram aanratelen en die stopte bij de halte. Ik wees naar de open deuren: 'Stappen we niet in?' mijn keel legde een strop om mijn woorden.

De duizeligheid in mijn hoofd begon te zakken, en er bleef een gevoel over alsof ik bezopen was, licht in mijn hoofd, ik weet niet wat. De volle tram nam me op alsof ik daar hoorde en nergens anders, en flarden van een lied kwamen in me op toen we daar samen achterin stonden en de tram naar de Dam denderde.

'Zij wou een kind. Ik niet. Hoe dan ook, we waren uit elkaar.' Ik liep een eindje weg, twee stappen maar, om mijn strippenkaart te stempelen, genoeg om me even een adempauze te geven. Genoeg ook om dan weer naar hem terug te kunnen.

'Het had ook een ander kunnen zijn. Dat zei ze. Toevallig was ik het.' Hij pakte nog een sigaret en bracht hem naar zijn lippen.

'Niet hier', zei ik, en ik wees op het bordje. De tram slingerde en duwde me tegen hem aan.

'Ik had haar gezegd dat ik er niets mee te maken wilde hebben. Met Ned. Ik voelde me gebruikt, kun je dat begrijpen?' Hij vermorzelde de sigaret in zijn vuist, plukken tabak vielen op mijn mouw, en ik keek, gebiologeerd, en zei 'Ned' in mezelf, en probeerde me die angstige baby voor te stellen als een jongetje van bijna dertien. De deuren aan onze kant gingen sissend open. Nog meer mensen stroomden binnen, sloten ons in, en ik verstond niet wat hij zei.

Hij wreef hard met zijn hand langs zijn gezicht. We stonden zo dicht op elkaar gepakt dat ik het hoorde raspen. 'Ik probeer niet mezelf vrij te pleiten. Ik had moeten weten wat er zou gebeuren. Zijn gezicht was helemaal rood aangelopen. De druk van lichamen werd iets minder toen er passagiers verder de tram in liepen. Ik was me scherp bewust van waar ik eindigde en zij begonnen, van de leuning die in mijn zij drukte, van John.

'Jij hebt alles veranderd.' Hij staarde naar buiten toen we bij het Centraal Station aankwamen. 'Wat jij hebt gedaan, wat jij in gang hebt gezet... door jou ben ik me weer bewust geworden van waarom ik wegliep. Ik ben gaan helpen met Ned.'

We werden naar de uitgang geduwd.

'En ik vond het leuk. Dat had ik niet verwacht.' Hij stapte voor mij het perron op en bleef daar staan, en ik ook, opzij geduwd door passagiers die erlangs wilden. 'Op een dag is Cecilia hem niet komen halen. En dat was dat.'

En zijn leven was doorgegaan.

Het mijne was gestopt.

Ik haatte hem. Plotseling. Zoals het doek valt op het toneel en het licht buitensluit.

'Moet je nog een kaartje kopen?' vroeg ik koel.

Hij schudde van nee, keek op zijn horloge. 'We hebben nog even. Is er niet ergens een café?' Hij leek mijn vijandigheid niet te merken.

Ik liep in marstempo naar het 1e Klas Café, mijn hakken kwamen als hamers neer op het perron, en ik leidde hem naar de bank in de hoek onder de postzegel. Die morgen en mijn bezoek daar, waren een mensenleven weg.

'Ik kan je niet zeggen wat een opluchting het is om na al die jaren met je te praten.'

Dat zal wel. Ik ging de koffie halen.

Hij keek er nauwelijks naar. 'Ik was zo bezig met orde scheppen in mijn eigen leven, zorgen voor Ned, dat ik niet dacht aan de vrouw die mijn zoon gered had.'

Gered, ja! Maar je bent mij nooit komen opzoeken! wilde ik verdrietig uitschreeuwen.

'Toen ik erachter kwam dat jouw daad alles in werking had gezet, was jij al ontslagen wegens goed gedrag.'

'Drinken.' Ik schoof de koffie naar hem toe.

Hij gooide er een lading suiker in, roerde en roerde en roerde.

'Hou op!' riep ik uit.

Hij legde het lepeltje op het schoteltje en keek me aan.

Ik kon mijn hoofd niet afwenden.

'En toen zag ik jou hier. Hè, verdomme!' Hij had met zijn hand over tafel geveegd en zijn kopje omgegooid. Hete, melkachtige koffie kroop naar de rand van de tafel en naar zijn broek.

Ik snoof. Mijn gesnuif veranderde in hikken van de lach, en mijn vijandigheid verdween even plotseling als die was opgekomen.

Hij negeerde het papieren servetje dat ik aanreikte, mijn hand beefde. 'Jij bent ervoor opgedraaid. Maar het had Cecilia moeten zijn. Of ik. Niet jij. Kun je me ooit vergeven?'

De wereld had me gezegd dat ik een kinderdief was, al die jaren hadden ze dat gezegd; en ík moest nu ineens genadig zijn?

'Je hebt juist gehandeld', zei hij met klem.

Het bloed stroomde door mijn aderen, warm en levenskrachtig. Mijn tranen stroomden over de melkachtige troep op tafel. 'Waarschijnlijk het beste wat je ooit in je leven gedaan hebt', klonk het.

Ik glimlachte tegen Gele Schoenen, tegen deze aantrekkelijke man, tegen de vader van de baby, tegen John. Een man met wie ik een verleden deelde. 'Ik vergeef je,' hikte ik, 'natuurlijk vergeef ik je.' Ik haalde zijn natte zakdoek tevoorschijn en snoot mijn neus.

Johns gezicht kreeg langzaam zijn normale kleur terug, het zag er gladder uit nu, jonger. Er zat een groen vlekje in een van zijn ogen, en ik bespeurde een sneetje bij zijn oor, waar zijn scheermes kennelijk was uitgeschoten. Ik verlangde intens om het aan te raken en ik vroeg me af hoe het zou zijn als hij die nacht zou blijven.

Zou ik het hem vragen? Mijn hand kroop naar voren.

Mijn blik viel op de caféklok boven zijn schouder. 'Hóé laat gaat je trein?'

'Tien over halfelf.'

'Je hebt nog maar drie minuten!' En we renden het café uit, de roltrap af, trappen af, langs zwervers en vermoeid ogende feestgangers die rondhingen in de stationshal, langs mannen in overalls die het afval aan het opruimen waren, langs gesloten winkels, de roltrap op naar perron 15. De trein naar Schiphol stond klaar. Hij sprong de twee treden op en bleef staan in de deuropening.

'En ik?' kon ik niet laten te zeggen. 'Vergeef je mij?'

'Allicht, er valt jou niets te…'

'Zeg het alleen, alsjeblieft.'

Hij glimlachte, glimlachte tot aan zijn ogen, zijn oren, zijn verwarde haar. Toen, langzaam en plechtig: 'Ik vergeef je. Voor Ned, voor mezelf, ik vergeef je.'

Ik stak mijn hand uit en onze handen raakten elkaar. Grepen elkaar stevig vast. Ik wilde hem omhelzen ten afscheid en hij leunde naar voren, maar het fluitje ging en sissend sloten de deuren zich tussen ons. Ik had mijn mond in een glimlach zo breed dat het voelde alsof hij klem zat. Ik trilde helemaal van opwinding, en er borrelden lachjes uit mij op.

De trein kroop vooruit.

Ik zou me niet langer verbergen. Mocht weer mezelf zijn. En ik zou mensen uitnodigen in mijn flat, ook John wanneer hij weer terugkwam.

De volgende keer.

Misschien wel met zijn zoon.

Ik had een leven te leiden, nieuwe beslissingen te nemen. Niet langer vrezen voor aanvallen van kritiek, niet langer vrezen voor meewarig onbegrip.

Ik liep steeds harder, om hem bij te houden. John probeerde het kleine raampje naar beneden te trekken, maar dat lukte niet. Ik begon te rennen. 'Feliciteer Ned van mij!' riep ik, terwijl de trein het station uitrolde.

Jan Michael bij Uitgeverij De Geus

De verloren minnaar

Daniel, een talentvol beeldhouwer, werd als jongen van negen geadopteerd door een liefdeloos echtpaar. Pas als volwassen man weet hij weer toegang te krijgen tot de idyllische wereld van zijn jeugd, die hij op een tropisch eiland doorbracht.